2024 신춘문예 당선동화집

2024
신춘문예 당선동화집

정은출판

차례

2024 신춘문예 당선동화집

동화

신춘문예 당선 동화

2024 강원일보 신춘문예 동화

이경선

서울 거주
2024《강원일보》 신춘문예 동화 부문 당선
sadamua@hanmail.net

너의 이름은 '인시아'

이 경 선

나는 '수'다. 우주의 청소부라고 불리는 직업을 가지고 있다. 우주의 청소부가 하는 일은 죽은 별을 수거하는 일이다. 오늘은 지구라는 별을 수거하러 왔다. 우주 도깨비 '진'과 함께.

"앞으로 12시간 후 지구 도착. 이번 항해의 마지막 임무를 위해 전 승무원은……."

우주선의 인공지능 컴퓨터 '사라'의 음성이 들려왔다. 제법 커다란 우주선 전체가 사라의 목소리로 잠시 울렁거렸다. 이번 임무에 파견된 승무원은 수와 진 딱 둘뿐인데 사라는 굳이 마이크를 켜고 말하는 것을 좋아한다. 기계인 자신이 이번 항해의 선장이라는 것을 내세우고 싶어 하는 것이다.

수는 그런 사라가 때때로 얄밉다.

"임무는 무슨……. 쓰레기나 주우러 다니는 걸 가지고……."

휴게실 소파에 드러누워 있던 수가 심드렁하게 말했다.

"우리가 죽은 별을 치우지 않으면 새로운 별들이 태어나지 못해.

얼마나 중요한 일인지 너도 알잖아."

진의 말이 틀린 것은 없지만 지구에 가까워질수록 예민해지는 걸 수도 어쩔 수 없었다.

"그래도 이번 일은 뭔가 싫은 기분이야. 내키지 않아."

수의 예감이 잘 맞는다는 것을 알고 있는 진의 표정이 심각해졌다.

"무슨 나쁜 꿈이라도 꾼 거야?"

"별로……. 걱정하지 마. 아무것도 아닐 거야."

수는 뭔가 말하려다가 마음을 바꿨다.

우주는 시커멓다. 어둠보다도 더 어둡다. 그 어둠이 조그만 빛으로 물들 때는 빛나는 별을 지나칠 때뿐이다. 어둠이 가득한 우주에서 낮과 밤을 구분하기란 어렵다. 그래서 우주선의 승무원들은 규칙에 따라 사이렌이 울리면 교대로 수면캡슐에 들어가 잠을 잔다.

우주 도깨비 진은 평생 잠을 안 자도 살 수 있는 생명체다. 사라는 인공지능 컴퓨터이기 때문에 잘 필요가 없다. 그러니까 이 우주선에서 잠을 자는 것은 수뿐이다. 사이렌 소리에 맞춰 수가 수면캡슐에 들어갔다. 그러나 단 두 시간 만에 잠에서 깨버렸다.

"또 깼어? 요즘 너무 잠을 못 자는 것 아냐?"

캡슐을 빠져나오자 진이 걱정스러운 눈으로 바라봤다.

"잠 좀 못 자면 어때. 어차피 죽으면 계속 잘 텐데."

수는 진이 걱정하는 게 싫었다. 일부러 기지개를 켜며 아무렇지 않게 말했다.

"죽는다는 말을 그렇게 쉽게 하면 안 돼."

"알았어. 그냥 나도 너처럼 잠을 안 잘 수 있으면 좋겠어. 그러면 너랑 더 많은 시간을 보낼 수 있을 테니까."

"너 요즘 이상해. 뭔가 신경 쓰이는 일이 있는 거지? 털어놓고 말해봐."

진이 이마를 맞대왔다. 결국 털어놓을 수밖에 없었다. 진에게 무언가를 감추거나 속이는 일은 불가능했다.

"지구에 가까워질수록 이상한 모습이 꿈에 보여. 나무같이 생겼는데 나무 같지는 않은 생명체가 말을 걸어와."

"뭐라고?"

"제발 오지 말라고. 아직은 때가 아니라고."

지구에 도착하기 전 수와 진은 지구에 관한 정보를 검색했다. 수의 꿈을 예사롭지 않게 여긴 진이 지구가 왜 멸망해서 죽은 별이 됐는지 지구의 역사를 살펴봐야겠다고 나선 것이다.

사라가 보유한 엄청난 양의 지식 중 지구에 대한 것들이 영상으로 눈앞에 펼쳐졌다. 수는 그중에서 지구의 멸망 편을 보기 시작했다.

'우주력 74382년 지구는 최악의 환경오염으로 몸살을 앓고 있었다. 지구온난화와 사막화, 쓰레기 더미로 식물이 살 수 있는 땅의 삼분의 일이 사라진 인류는 극심한 식량 부족에 시달리게 된다. 그리고 이를 극복하기 위해 빨리 자라고 열매를 많이 맺는 유전자 조작 식물들을 탄생시킨다. '2차 식물'이라고 이름 붙여진 이 식물들은 자신보다 약한 식물들을 공격하거나 잡아먹는 이상행동을 일으키게 된다. 급기야 동물들과 인간까지 잡아먹는 육식식물로 진화하게 되자 인간들은 2차 식물들과 전쟁을 하게 된다. 전쟁이 길어지자 유전자 조작이 되지 않은 1차 식물들 역시 오랜 시간의 잠에서 깨어나 전쟁에 참가하게 되는데…….'

"식물들은 전 우주에서 가장 순한 종족이잖아. 그런 종족이 전쟁에 참가하다니 믿을 수가 없어."

"더 읽어보자."

'생명을 잡아먹는 2차 식물들과 그것을 만들어 낸 인간에 대한 1차 식물들의 분노는 무서웠다. 뿌리를 일으켜 땅을 무너뜨리고, 산소 대신 이산화탄소를 내뿜어 숨을 못 쉬게 만들었다. 그렇게 인간과 1차 식물, 2차 식물이 서로를 공격하는 전쟁이 150년간 지속됐다. 궁지에 몰린 인류는 식물들을 향해 핵폭탄을 떨어뜨렸다. 그 결과 지구는 멸망의 길로 접어들고…….'

책을 읽어갈수록 수의 표정이 우울해졌다.

"핵폭탄이라니……. 어리석어."

"수, 여기 마지막 부분을 읽어봐."

'그러나 지구의 모든 생명체가 멸망했는지는 누구도 확인한 적이 없다. 우주를 떠도는 소문에 의하면 1차 식물 모두가 전쟁에 참여한 건 아니라고 한다. 지구에는 1차 식물의 언어를 이해하는 몇몇의 사람들이 존재했고, 일부 1차 식물들은 그런 인간들과 다른 생

명체들을 보호하기 위해…….'

"진, 이건 살아남은 생명체가 있을 수도 있다는 얘기잖아!"

생명체가 있는 별은 죽은 별이 아니다. 그것이 단 하나의 생명체라 해도.

수는 급하게 자료실을 뛰쳐나갔다. 진이 따라가지 못할 속도였다.

수와 진은 지구라는 별에 직접 내려가 살아있는 생명이 있는지 탐사하기로 했다. 처음에는 반대했던 사라도 생명체가 있는 별을 죽은 별로 착각해 임무를 수행할 경우, 받게 되는 우주의 저주를 말해주자 생각을 바꿨다.

우주의 저주를 받게 되면 평생 어느 별에도 발을 디딜 수 없다. 혼자 검은 우주를 떠돌아다니다 연료와 식량부족 등으로 죽음을 맞게 된다. 사라 같은 인공지능 슈퍼컴퓨터는 물론 우주 시민이라면 누구라도 가장 두려워하는 외로움의 저주다.

수와 진은 생명 탐지기를 장착한 작은 셔틀 우주선에 몸을 실었다. 수가 조종간을 잡고 진이 생명 탐지기를 조작했다. 생명 탐지기에서 하얀 빛으로 이루어진 촘촘한 그물망이 뻗어 나와 지구 전체를 감싸기까지 세 시간이 걸렸다.

수와 진은 긴장된 마음으로 모니터를 살폈다. 그러나 아무리 기다려도 살아있는 생명체의 반응은 나타나지 않았다. 이제 그만 포기하고 사라가 기다리고 있는 우주선으로 돌아가려 할 때였다. 모니터 오른쪽 하단 부분에 잠깐 붉은 점이 나타났다 사라졌다.

"진, 방금 그거 봤어?"

"응. 내려가 보자."

수와 진을 태운 셔틀 우주선이 붉은 점이 가리킨 방향으로 향했다.

붉은 점을 따라가는 중에 바다가 나타났다. 예전의 지구는 푸른 바다가 아름다운 행성이라고 들었는데 바다에 떠 있는 스티로폼을 포함한 온갖 쓰레기와 썩는 냄새 때문에 악취가 풍겨왔다. 그리고 그 한가운데 자그마한 섬이 있었다.

수와 진은 섬에 셔틀 우주선을 착륙시켰다. 이상한 분위기의 섬이었다. 사막처럼 모래만 가득한 섬에 붉은 안개가 가득했다. 수와 진은 섬을 탐색하기 시작했다. 아직 섬의 전체가 사막화가 된 것은 아닌 것인지 섬의 중앙으로 다가갈수록 검은 흙이 밟혔다. 사막화에서 회복되는 중일 수도 있었다.

오래간만에 밟는 땅의 기운은 따뜻했다. 오염되기 전의 지구가 수가 태어난 별과 거의 같은 중력과 대기를 가진 곳이라는 정보가 사라로부터 전송됐다.

'우리는 살아있어요. 죽은 별이 아니에요. 제발 우리를 살려 주세요.'

순간 수의 머릿속을 강타하는 음성이 들려왔다. 입으로 하는 말을 들은 것이 아니었다. 텔레파시처럼 머리에서 머리로 혹은 가슴에서 가슴으로 전달되는 메시지였다.

"저곳이야! 저곳에서 목소리가 들려오는 것 같아!"

수의 손가락이 섬의 정상을 향했다. 그 순간 길을 터주듯이 붉은 안개가 갈라졌다. 안개가 내어주는 길을 따라 수와 진은 걸어갔다. 마침내 섬 정상에서 보게 된 것에 두 사람의 눈이 동그래졌다.

그것은 작은 인간을 보호하듯이 품고 있는 나무였다. 어떻게 보면 인간과 나무가 하나인 것도 같았다. 제법 많은 행성을 여행한 두 사람이지만 어떤 별에서도 이런 나무는 보지 못했다. 그렇다면 이건 새로운 우주 생명체일까?

수는 혹시나 하는 마음에 나무의 언어로 물어보았다.

"당신은 나무인가요?"

"나무이기도 하고 아니기도 해요."

이번에는 진이 인간의 언어로 물었다.

"그렇다면 당신은 인간인가요?"

"인간이기도 하고 아니기도 하죠."

이번의 대답은 인간의 언어로 돌아왔다. 놀랄 일은 아니었다. 세상의 모든 나무 종족들은 다른 종족의 말을 이해하는 능력을 가졌으니까. 다만 나무는 어지간한 일이 아니면 말을 하지 않는데 …….

수와 진은 계속해서 질문을 했고 나무는 많은 이야기를 들려주었다. 역시 지구는 인류가 터뜨린 핵폭탄으로 막을 내렸다. 사람도 식물도, 그 어떤 생명체도 거대한 핵폭탄의 위력 앞에서 살아남을 수 없었다.

겨우 살아남은 생명들도 시름시름 앓다가 죽어 나갔다. 지구상의 살아있는 모든 것들이 사라질 지경이었다. 그것을 두고 볼 수 없었던 몇몇 뜻있는 거대한 크기의 1차 식물들이 인간과 동물 등 살아있는 생명체들을 자신의 몸으로 감싸 안았다. 그 상태로 핵폭탄으로 인한 공기의 오염이 어느 정도 정화될 때까지 수백 년의 잠에 빠져들었다.

그리고 지금 눈앞의 이 인간을 품은 나무가 처음으로 깨어난 것이다.

"당신들이 누군지 알고 있어요. 별의 마지막을 인도하는 자들이죠?"

죽은 별을 수거하는 우주의 청소부를 여기서는 별의 마지막을 인도하는 자라고 부르는 모양이었다. 수는 우주의 청소부라는 말보다 그 말이 더욱 마음에 들어 고개를 끄덕였다.

"당신에게 메시지를 보냈어요. 지구에 오지 말아 달라고. 아직 살아있는 생명체가 있다고. 그런데도 당신들은 이곳에 왔군요."

원망이 느껴지는 목소리였다.

"우리는 살아있는 생명체가 있는지 확인해 보고 싶어서 지구에 내렸어요. 단 하나라도 살아있는 생명체가 있는 한 지구는 죽은 별이 아니니까."

"그럼 지구를 살려주시는 건가요?"

수와 진은 서로를 바라보았다. 서로의 눈빛 속에 하고 싶은 말을 읽었다.

"우리가 지금 당장 당신을 살려준다고 해도 조만간 지구는 죽은 별이 될 거예요. 지금 살아있는 생명체는 당신 하나뿐이니까. 당신 혼자만의 힘으로 지구를 다시 살릴 수는 없어요. 그러면 또 다른 우주의 청소부가 지구를 청소하러 찾아오겠지요. 그래도 괜찮나요?"

인간을 품은 나무는 생각에 잠긴 모습이었다. 조용히 움직임을 멈춘 초록빛 나뭇잎들이 그렇게 보였다. 잠시 후 생각을 마친 듯 여리고 작은 잎들이 나뭇가지에서 토독 토독 잎을 틔웠다.

"지구가 다시 숨을 쉬고 있어요. 그렇게 느껴져요. 언제가 될지는 모르지만, 저의 동료들도 다시 눈을 뜰 거예요. 그렇게 믿어요. 그러니까 지구는 다시 푸르러질 수 있어요. 당신들이 지구에 기회만 준다면."

수와 진은 고개를 끄덕였다. 이 모든 이야기를 사라에게 보고했다. 그리고 사라와 이야기를 나눈 끝에 눈앞의 인간을 품고 있는 나무에 어울리는 새 종족의 이름을 지어주기로 했다. 지난 아픔을 잊고 새 출발을 하라는 응원이었다.

오랜 생각 끝에 만들어진 종족의 이름은 '인시아'. 수를 탄생시킨 종족의 말로 여러 가지 의미를 담고 있는 이름이었다. 그중에는 평화, 탄생, 희망이라는 의미도 있었다.

종족의 이름을 붙여주자 기쁜 듯이 나무가 가지를 뻗어 수와 진의 머리에 살짝 닿았다가 멀어져 갔다. 수와 진은 작별의 인사를 건넸다. 이 넓은 지구에 홀로 생존해있는 단 하나의 인시아 종족을 남겨두고 다시 사라의 곁으로 돌아가기 위해 셔틀 우주선에

올랐다.

"외롭겠지?"

뒤를 돌아보며 수가 말했다.

"응. 하지만 살아 있잖아. 다른 친구들이 돌아올 거라는 희망도 가지고 있고."

진의 대답에도 수는 한동안 멀어져 가는 인시아에게서 눈을 떼지 못했다.

"있잖아, 진. 우리별도 언젠가는 죽은 별이 되겠지?"

진은 수의 얼굴에서 쓸쓸함을 보았지만 아는 체하지 않았다.

"걱정 마. 아직은 괜찮아. 아주 먼 얘기야."

수는 잠시 진의 어깨에 고개를 기댔다. 눈을 감고 상상해 보았다. 수많은 인시아들이 서로 어울려 웃고 떠들며 살아가는 새롭게 태어난 푸른 지구를.

하늘 위로 사라가 기다리는 우주선이 가까워지고 있었다.

당선소감

이 경 선

몇 년 동안 글을 쓰지 않았다. 몇 번의 신춘문예를 흘려보내고, 새해가 되면 습관처럼 찾아보던 당선작들도 찾아보지 않았다. 느닷없는 헤어짐을 여전히 담담히 받아들이지 못한 여파는 생각보다 길었다. 그러나 몇 년이 지난 지금에서야 깨닫는다. 나 역시 상대에게 예의를 갖춘 이별을 고해 본 적이 없다는 것을. 헤어짐이란 원래 품격을 갖출 수 없으며, 품격이 있건 없건 그리 다를 바 없다는 것을.

그 생각을 하고 나서야 몇 년 동안 철저히 외면했던 노트북을 다시 열어볼 수 있었다. 마침 겨울이었고, 다시 신춘문예의 계절이었다. 한 달 정도의 시간밖에 없었지만 몇 년 만에 집중했고, 열중한 한 달이었다. 긴 동면에서 깨워주신 강원일보사와 심사위원 여러분께 감사드린다. 어쩌면 이 수상으로 봄을 그려 볼 수 있을지도 모르겠다.

내가 모르는 많은 것들을 알고 있는 현명한 진과 옥진 언니, 어려울 때마다 당신들의 조언에서 길을 찾는 힌트를 얻을 수 있었습니다. 당신들의 멋진 인생을 항상 응원합니다.

최성훈 사장님, 작은 인연에 언제나 관심을 가져주셔서 감사합니다.

경주야, 넌 꽤 잘 살아왔고 앞으로도 잘 살 거야. 그러니까 과거는 흘려보내고 매일 매일 많이 웃었으면 좋겠어.

그리고 레오, 퀸, 윈터. 내 남은 모든 시간들이 너희들을 위해 정말 잘 쓰였으면 좋겠어. 매일매일 기도해.

마지막으로 재미있는 글을 쓰고, 좋은 어른이 되도록 노력하겠습니다.

강원일보 – 심사평

"치밀한 상상력…
진실성·감동 선물하기에 충분"

해를 거듭할수록 동화 응모작 수가 눈에 띄게 증가하는 추세다. 주로 다루어지는 소재는 이혼과 재혼가정 문제, 고령화 시대와 맞물리는 노인 문제, AI 로봇의 등장과 다가올 미래에 대한 판타지 등이다.

오랫동안 손에 남은 작품은 '우리집으로 와!', '어떤 하루', '너의 이름은 인시아' 등이었다. 그중에서 '너의 이름은 인시아'를 논의 끝에 당선작으로 올렸다. 우주 청소부인 '수'의 임무는 죽은 별을 수거하는 일이다. 그는 지금 죽은 별 지구를 수거하러 가는 중이다. 우주력 74382년 지구는 최악의 환경오염으로 몸살을 앓으면서 인간과 식물들 간의 150년 전쟁으로 멸망한다. 그 별을 수거하러 가는 '수' 일행은 죽은 줄 알았던 지구별에서 인간을 품은 나무 한 그루를 발견하고 다시 돌아간다는 판타지 동화다. 환경 파괴로 지구가 멸망해 가는 과정과 그 긴밀한 인과관계, 그리고 이 모두를 아우르는 상상력이 치밀하다.

그 점에서 동화문학의 진실성과 감동을 선물하기에 충분하다고 봤다. '너의 이름은 인시아'가 동화의 새 지평을 여는 신호탄이 되기를 바란다.

심사위원 : 권영상 · 원유순 아동문학가

2024 경남신문 신춘문예 동화

이 명 숙

1971년 전북 전주 출생

이화여대 초등교육과 졸업

성균관대학교 신문방송학과 석사 수료

서울시 초등학교 교사 재직 15년차

서울시교육청 영재원 문예창작 분과 강사 5년 역임

2024년 《경남신문》 신춘문예 동화 부문 당선 (당선작 '버드콜')

ultra2929@naver.com

2024 경남신문 신춘문예 동화 당선작

버드콜

이 명 숙

해가 뒷산 너머로 쏙 들어가 어둑어둑했다. 엄마 심부름을 다녀오던 나은이는 걸음을 멈추었다. 낡은 빌라들이 빼곡히 어깨를 맞대고 있는 골목 입구. 열 걸음쯤 앞에 '귀신 창문'이 보였다.

'귀신 창문'은 괴기스러운 흐느낌 소리가 안에서 들린다고 해서 붙여진 이름이다. 창문은 이 층 건물의 중간 높이쯤에 달려있다. 그 아래 빈 공터에는 주인 없는 쓰레기들로 가득했다. 먹다 버린 과자 봉지부터 돈을 주고 버려야 하는 부서진 가구들까지 온갖 잡동사니들이 여기저기 널려 있어 눈살을 찌푸리게 했다.

돌아가야 하나 망설이고 있는데 '귀신 창문'이 드르륵 열렸다. 머리끝이 쭈뼛거리며 숨이 턱 막혔다. 일단 숨어야겠다는 생각이 들어 얼른 벽에 몸을 붙였다. 열린 창틀 위로 새 한 마리가 살포시 앉았다. 벽에 붙어 위로 올려다본 나은이 눈에는 새하얀 솜뭉치처럼 보이는 새 한 마리와 그 새를 쓰다듬는 손만 보였다. 누구일까? 솜뭉치 새가 재잘대며 앉아있는 걸 보면 귀신은 아닐 것 같았다.

무서운 마음보다 궁금한 마음이 강해졌다. 벽을 따라 게걸음으로 천천히 '귀신 창문'을 향해 다가갔다.

"야, 너 새매 아냐? 아기 새구나. 어쩌다 혼자 된 거야? 이 근처엔 감나무도 없는데."

모습은 안 보였지만 말소리는 선명하게 들렸다. 남자아이의 목소리였다.

'솜뭉치처럼 생긴 저 새가 새매구나. 새매가 감나무를 좋아하나? 새에 대해 모르는 게 없네. 시은이처럼.'

나은이는 씁쓸하게 웃으며 동생을 떠올렸다. 그리고 늘 가지고 다니는 주머니 속의 버드콜을 쓰다듬었다. 동생이 마지막으로 남겨준 선물을.

저녁 날씨가 제법 쌀쌀해졌지만 나은이는 오늘도 엄마의 슈퍼마켓 심부름을 나왔다. 언제나처럼 두부를 비닐봉지에 담고 있는데, 가게 안쪽 구석에 쪼그려 앉아있는 아이가 눈에 들어왔다. 아이는 헝클어진 머리를 하고 양말도 신지 않은 슬리퍼에 목이 어깨까지 늘어난 반소매 티 차림이었다. 하지만 나은이가 놀란 건 추운 날씨에 어울리지 않는 이상한 차림새 때문이 아니었다. 분명 그 아이는 초코 빵을 입속으로 욱여넣고 있었다. 계산도 하지 않고. 아이가 고개를 들었을 때 나은이와 눈이 마주쳤다. 나은이는 자기도 모르게 입을 벌리고 그 자리에 얼어붙고 말았다. 입 주위로 빵가루를 덕지덕지 묻힌 그 아이는 같은 반 친구 지훈이였다.

계산대 앞에서 거스름돈을 받다가 나은이는 몇 번이나 동전을 떨어트렸다. 자꾸만 손이 떨렸다. 아직 상황을 모르는 주인아줌마와 지훈이를 번갈아 쳐다보다가 못 본 척 고개를 돌리고 출구로 향했다. 급하게 나오다 다리가 꼬여 넘어질 뻔했다.

지훈이는 5학년 여름방학이 끝나 갈 즈음 전학을 왔다. 하지만 전학을 온 후 지난 몇 달 동안 누구하고도 말을 하지 않았다. 등하교할 때 말고는 거의 움직이지도 않고 표정도 없어서 아이들은 지훈이를 정지화면이라고 불렀다. 리모컨을 누르면 화면이 꺼지듯이 지훈이도 어딘가로 사라질 것처럼 불안해 보였다. 그렇다고 해도 도둑질까지 하며 허겁지겁 빵을 먹던 모습은 충격적이었다. 아까 장면이 자꾸 떠올라 심장이 쿵쾅거리고 다리가 후들거렸다.

집을 향해 걷는데 뒤편에서 타닥타닥 쫓아오는 발소리가 들리더니 누군가 어깨를 잡았다. 나은이는 뒤를 돌아보다 너무 놀라 '으악!' 소리를 질렀다. 귀신이라도 본 듯했다. 지훈이였다. 지훈이가 뭔가를 내밀고 있었다. 그건 나은이의 버드콜이었다. 아까 슈퍼마켓에서 나올 때 주머니에서 떨어진 모양이었다. 나은이는 당황해서 떨리는 손을 천천히 내밀었다. 그때였다.

"야! 너 거기 서. 이 초코 빵 네가 훔쳐 먹었지?"

주인아줌마가 고래고래 소리를 지르며 쫓아오고 있었다. 뒤늦게 빈 초코 빵 봉지를 발견한 모양이었다. 놀란 지훈이는 나은이의 버드콜을 움켜쥔 채 건너편 골목 입구를 향해 뛰기 시작했다. 나은이도 덩달아 함께 달렸다. 나은이에게 버드콜은 잃어버리면 안 되는 물건이었다. 있는 힘을 다해 지훈이가 도망간 방향으로 쫓아 뛰어갔다.

한참을 달려 멈춘 곳은 뒷산 산책로 입구였다. 고개를 빼고 내려다보니 아줌마는 더는 쫓아오지 않았다. 가쁜 숨을 몰아쉬면서도 나은이는 얼른 지훈이 손에서 버드콜을 낚아채었다. 지훈이는 멋쩍게 뒤통수를 벅벅 긁었다.

학교에서처럼 역시나 지훈이는 아무 말도 하지 않았다. 침묵도 잠시, 버드콜을 유심히 바라보던 지훈이는 손잡이를 돌려보라는 시늉을 했다. 버드콜은 두루마리 휴지심 크기의 나무로 된 통 위에 동그란 손잡이가 달려있다. 그 손잡이를 열쇠 돌리듯 돌려보라는 것이었다.

나은이가 버드콜을 지훈이에게 내밀며 물었다.

"동생이 만들어준 버드콜이라는 거야. 이거 뭔지 알아?"

지훈이가 고개를 끄덕거렸다. 그러더니 마침 날아오르던 새를 향해 손가락질했다.

"맞아. 이 버드콜로 새소리를 흉내내서 새랑 대화할 수 있대."

지훈이가 잘 알고 있다는 듯 연신 고개를 주억거렸다. 나은이는 버드콜을 지훈이 손에 쥐여 주었다.

"돌려보고 싶으면 돌려 봐."

다른 사람 앞에서 꺼내 본 적 없던 물건이다. 엄마도 만지려고 했다가 나은이가 고함을 치며 난리를 쳐댄 후로는 시도도 안 한다. 그런데 이상하게도 지훈이가 만지는 건 괜찮았다. 미안해서였을까? 아까 슈퍼마켓에서 못 본 척하고 나온 게 마음에 걸려서인지도 모르겠다. 사실 엄마 심부름하고 남은 돈으로 빵값을 내줄 수도 있었다. 하지만 그 순간은 용기가 나지 않았다.

"사실 나도 한 번도 안 돌려봤어."

왜? 라는 눈빛으로 지훈이가 쳐다보았다.

"무서워서. 버드콜 소리가 동생 목소리 같아서."

지훈이는 잠시 손에 쥔 버드콜을 내려다보더니 동그란 손잡이를 천천히 돌렸다.

'삐이- 삐-걱, 찌지직'

나무통과 쇠로 된 손잡이의 마찰음이 낡은 수도꼭지 같은 소리를 내었다. 새들이 이 소리를 정말 알아들을까 싶었는데 놀랍게도 멀리서 이름 모를 새들이 메아리처럼 대답했다. 더 놀라운 일은 그 후에 벌어졌다.

갑자기 버드콜이 형광빛을 내며 주변을 환하게 비추었다. 형광봉이 된 것 같았다. 그러자 영화관 영사기처럼 환한 빛 사이로 희미하게 영상이 어른거렸다. 남녀 어른 두 명이 서 있었다.

"엄마? 아빠?"

지훈이 입에서 처음으로 말이 튀어나왔다. 나은이는 기절할 만큼 놀랄 일이 연이어 벌어지니 머리가 멍해지고 속이 울렁거릴 지경이었다.

영상 속 지훈이 부모님은 아무런 말도 없이 잠시 허공에 떠 있다가 손을 흔들며 사라락 사라졌다. 그 자리에는 아저씨가 쓰고 계시던 모자만 덩그러니 남았다. 노란 새가 그려진 모자였다. 버드콜도 언제 그랬냐는 듯 형광봉은 온데간데없고 원래의 평범한 손잡이가 달린 나무통으로 돌아가 있었다. 지훈이는 한참을 흐느껴 울기만 했다.

"아빠, 엄마가 쓰던 모자야."

무엇이 그리 서러웠는지 한참을 울고 난 지훈이는 모자를 가슴에 소중하게 품으며 말했다.

"이제 말을 하네?"

그동안 어떻게 입을 닫고 살았는지 신기할 정도로 지훈이 입에서는 말이 술술 흘러나왔다.

"엄마, 아빠는 소방대원이셨어. 몇 달 전 화재 사고 현장에서 사람들을 구하다가 그만 하늘나라로 가셨어. 나 혼자 두고."

지훈이는 모자에 달린 새 마크를 쓰다듬었다. 나은이는 모자의 노란 새 마크가 왠지 낯이 익었다. 어디선가 본 것 같은데 정확하게 떠오르진 않았다.

"이 노란 새는 용감한 소방대원들의 자랑이야. 새매라고, 가장 용감한 매 중 하나거든. 아빠가 늘 이 새매처럼 용감해야 한다고 했어."

"아, 그 솜뭉치처럼 새하얀 가슴털이 북실북실한 새?"

"잘 아네? 동생이 버드콜을 만들어줬으면 새를 좋아했겠구나."

"응, 새도 좋아하고 꽃도 좋아하고. 그래서 버드콜도 만들어서 새들이랑 맨날 쫑알거렸대."

나은이 목소리는 울먹이고 있었다. 가난 때문에 동생과 나은이 둘 다 기를 수 없었다던 엄마를 지금도 이해하긴 힘들다. 하지만 더 미운 건 나은이 자신이었다. 시골 할머니 댁으로 동생이 내려가야만 했던 것도, 동생이 아팠던 것도, 제대로 병원도 못 가보고 죽게 된 것도 모두 자신 때문인 것만 같았다.

"외로웠겠구나. 나처럼."

나은이는 대답을 피하고 화제를 바꿨다.

"그럼 지금은 누구랑 살아?"

"……고모부, 고모랑 살고 있어."

"그럼 혼자가 아니네."

이번에는 지훈이가 대답을 피했다.

"그러지 말고 너도 버드콜을 한번 돌려 봐. 아무래도 성냥팔이 소녀 이야기처럼 버드콜을 돌리면 보고 싶은 것을 보게 해 주는 것 같아."

그러고 보니 이 버드콜은 신비한 힘을 가지고 있는 것 같다. 시은이의 영혼이 들어가 있는 것일까. 못 이기는 척 버드콜을 받아 지훈이처럼 천천히 돌려보았다.

'찌이이-지-직'

신기하게도 새들이 앞다퉈 돌림노래를 부르듯 이쪽, 저쪽에서 응답이 들려왔다. 그리고 이내 아까처럼 버드콜에 형광빛이 물들기 시작했다. 나은이 앞에 희미한 영상 속 동생 시은이가 서 있다. 나은이가 사무치게 보고 싶었던 동생. 보자마자 참아왔던 눈물이 폭포수처럼 솟구치기 시작했다. 시은이가 금방 사라질 것 같아 마음이 조급했다. 꼭 해야 할 말이 있었다.

"시은아, 나 때문이야. 시골에는 내가 갔어야 했어. 네가 엄마랑 살았더라면……."

시은이는 그냥 웃고만 있다. 나은이가 두 팔을 허우적대며 가지 말라고 애원해도 시은이는 점점 희미해져 갔다. 영상이 사라진 자리에 노란 수선화가 놓여 있었다. 한참을 노란 수선화를 바라보던 나은이는 이내 피식 웃고 말았다. 할머니 댁 텃밭의 노란 수선화 꽃말이 생각났기 때문이다. 삐뚤빼뚤 시은이가 나무 팻말에 적어 놓았던 글씨.

'자신을 사랑하세요.'

나은이와 지훈이는 노란 새 모자와 노란 수선화를 서로 가리키며 오랜만에 너털웃음을 웃었다. 버드콜이 마음속을 무겁게 짓눌러 오던 돌덩이를 가져간 것 같았다.

그날 이후로 한동안 지훈이는 학교에 나오지 않았다. 슈퍼마켓 근처에도, 동네 어디에서도 지훈이를 볼 수 없었다. 그렇게 일주일이 흘렀다.

슈퍼마켓 계산대 앞에서 엄마 심부름으로 산 물건을 들고 차례를 기다리고 있었다. 앞에 계산하던 아줌마와 주인아줌마의 대화에 나은이는 귀가 솔깃했다.

"지난번 그 초코 빵 훔쳐먹은 애가 글쎄 귀신 창문집 애였지 뭐유?"

"그 집에 애가 있었어? 한 번도 못 봤는데?"

"구청에서 뭔 조사를 나왔는지 그 집 아저씨랑 그 애가 밖에 나와 있더라고. 내가 찾았다 요 도둑놈, 하고는 그 부모한테 따졌지."

주인아줌마는 말끝을 흐렸다. 뭔가 켕기는 게 있는 것 같았다.

"잘했네. 단단히 혼꾸멍을 내야지 원. 도둑질이 뭐야, 도둑질이."

"근데, 애 아빠가 아니더라고. 구청 직원이 가고 나니까 애한테 눈을 부라리면서 막 때리는 거야. 밥도 못 얻어먹었는지 바싹 말랐더구먼. 그러더니 이놈의 자식 이제 학교도 안 보내야겠다고 멱살을 잡고 끌고 들어가더라니까. 쯧."

나은이의 귓속에서 엥엥 모기떼들이 날아다니는 것 같았다. 지훈이는 학교에 안 나온 것이 아니라 못 나온 것이었다. 아스팔트에 팔이 쓸린 것처럼 심장이 무언가에 쓸린 것 같았다. 서럽게 울던 지훈이의 모습과 동생의 모습이 겹쳐 보였다. 버드콜이, 아니 지훈이 부모님과 시은이가 남겨주고 간 노란 새 모자와 노란 수선화가 가슴 속에서 북을 울리고 있었다.

그날처럼 버드콜을 꺼내 돌렸다.

'찌이이-지-직'

열리지 않는 창문을 안타깝게 응시하며 포기하지 않고 계속 버드콜을 돌렸다. 이제 버드콜의 형광빛 영상은 필요 없다. 이미 우리 마음속에 용감한 새매와 노란 수선화가 새겨져 있으니까.

애타는 나은이 마음을 알았는지, 좌라락 귀신 창문이 열렸다. 창문 안에서 여윈 모습의 지훈이가 말갛게 웃고 있었다. 나은이는 버드콜을 흔들어 보였다. 노란 수선화가 함께 춤추는 것 같았다.

지훈이 등 너머로 방문이 부서질 듯 요란하게 쿵쿵 흔들리고 있다. 고모부의 고함소리도 들렸다. 지훈이는 힐끗 한 번 돌아보더니 창턱에 올라섰다. 결심한 듯 노란 새매가 그려진 모자를 흔들어 보이고는 머리에 꾹 눌러 썼다. 언제 날아왔는지 새하얀 가슴털이 북실북실한 새매가 응원하듯 지훈이 주변을 날기 시작했다.

"놀이터에서 제일 높은 철봉에 처음 올랐을 때 딱 그 높이네."

지훈이가 손을 내밀며 말했다. 귀신 창문 창턱에서 길바닥까지 딱 그 높이. 내려설 용기와 잡아 줄 손이 모두 필요한 딱 그 높이. 나은이는 얼른 주변을 돌아보았다. 잡동사니 쓰레기장에 나뒹구는 찢어진 침대 매트리스를 있는 힘껏 창문 아래쪽으로 끌어당겼다. 너무 무거워 한 번에 아주 조금씩밖에 움직이지 못했지만 서두르지 않았다. 용감한 지훈이가 웃으며 내 손을 기다리고 있으니까. 멀리서 사이렌 소리가 들리는 것 같기도 했다.

당선소감

이 명 숙

아이들과 종이비행기를 날리고 있을 때였습니다. 겨울비로 촉촉이 젖은 운동장 대신 좁은 복도 끝에서요. 당선 전화를 받고 한동안 먹먹하여 눈물이 났습니다. 글을 쓰는 일이 나에게 허락된 길이 아닌가, 포기하고 접어야 하나 생각했었거든요.

한 아이가 날린 종이비행기가 제 눈에 들어왔습니다. 하늘하늘 나비처럼 춤을 추면서 기웃기웃 여기저기 구경하듯이 오랫동안 허공에 떠다니더니 곡선을 그리며 날린 아이에게로 되돌아가더군요. 종이비행기에도 멀리 날리기용과 오래 날리기용이 있습니다. 날렵하여 일직선으로 목적지를 향해 쏜살같이 비행하는 멀리 날리기용 비행기와 달리 오래 날리기용 비행기는 넓고 평평한 몸뚱이로 목적지 상관없이 하늘을 오랫동안 유영합니다.

저는 멀리, 빨리 가기보다는 오래 날리기용 종이비행기처럼 천천히, 묵묵히 세상을 따라가며 이야기들을 귀담아듣고 그것들을 다시 세상에 이야기해주고 싶습니다. '동화'라는 신화 덕분에 나 자신도 어린 시절 고독과 싸워가며 포기하지 않고 어른이 되었듯, 이야기의 힘을 믿으니까요.

때로는 칭찬으로 때로는 날카로운 비평으로 동화를 향해 한걸음 인도해주신 선배님들과 묵묵히 함께 걷고 있는 글벗들께 감사드립니다. 더불어 제가 앞으로 이야기를 풀어낼 수 있도록 신호탄을 높게 쏘아주신 경남신문사와 심사위원분들께도 깊은 감사 인사를 드립니다. 마지막으로 항상 든든한 지원군인 남편 이효준과 딸 소희에게 사랑한다는 말 전합니다.

내일도, 모레도 아이들과 함께 또 종이비행기를 날리겠습니다. 이번엔 드넓은 운동장에서, 하늘 끝까지 날아올라 오랫동안 푸른 창공을 비행할 종이비행기를 접겠습니다. 언젠가 겨울비도 그칠 테니까요.

동화적 상상력으로
내면 상처 차분히 엮어

이번에도 신춘문예의 열풍은 뜨거웠다. 예년에 비해 응모 편수가 퍽 늘었고, 제재에서도 다양성이 두드러졌다. 반려동물과의 교감, 산업재해를 당한 가족, 조부모의 질병을 바라보는 아이의 시선, 다문화가정의 의미 등 그간 꾸준히 다루어진 주제를 비롯하여 엄마의 부재, 챗봇과 AI 등장, 가상현실(VR)에서 경험 등 시의성이 엿보이는 작품들을 주목해 볼 수 있었다. 하지만, 동화가 문학인 만큼 문학적 승화는 언제나 글 쓰는 이에게 주어진 과업이 아닐 수 없다.

본심에 진지하고 치열하게 검토한 작품은 '마녀도서관', '악마의 눈', '세상에서 가장 하얀 사람에게', '꼬마리 꽃', '버드 콜' 다섯 편이다.

'마녀 도서관'은 도입부의 역동성과 위트 있는 감각이 돋보였지만, 독서퀴즈를 연상케하는 중반부에서 기대감을 깎아 먹어버렸다.

'세상에서 가장 하얀 사람에게'는 치밀한 화자의 심리묘사는 좋았으나, 소설적 구성으로 흘러간 것은 아쉬운 점이다.

'악마의 눈'은 공간적 배경을 확장한 것은 유의미하지만 '까만 고양이'는 기존의 유명 판타지가 연상된다. 다소 안일한 설정이라고 볼 수밖에 없었다.

'꼬마리 꽃'은 베트남에서 아빠를 찾아 한국에 온 나민이, 두 나라의 아픈 역사적 배경과 나민의 섬세한 감정묘사는 좋았으나 상투적 결말에서 서사의 힘이 풀려버렸다.

'버드콜'은 각각 하나 이상의 결여(아픔)를 가지고 있는 두 아이의 긴장 관계 설정이 돋보였고, '새 소리'를 매개로 하여 두 아이가 알게 모르게 내면의 상처와 현실의 고통을 극복해 나가는 과정을 동화적 상상력으로 차분하게 엮어나갔다는 점에서 수상작으로 결정하기에 이견이 없었다.

판타지 작품이 줄어든 만큼 현실을 리얼하게 다룬 작품이 상대적으로 많았다. 아쉬운 점이라면 동화만이 가지는 장점이 돋보이는 작품이 드물었다는 것. 동화에서 문학성이 더욱 꽃이 피어나길 바라며, 당선자에게는 축하를, 그리고 모든 응모자에게 정진의 응원을 보낸다.

심사위원 : 김문주(아동문학가) · 최미선(문학평론가)

2024 경상일보 신춘문예 동화

김민영

제10회 한낙원 과학소설상 우수상 수상 / 2023년

KB 창작동화제 장려상 수상 / 2023년

2024년 《경상일보》 신춘문예 동화 부문 당선

widhome@naver.com

2분 59초

김 민 영

세상은 악수가 금지되었다. 안전한 세상을 만들기 위해서였다.

한동안 혜성은 풀리지 않는 궁금증이 있었다. 과거에 살았던 사람들은 처음 만나면 손을 잡고 인사했다는 사실을 알게 되면서 생긴 궁금증이었다. 인사의 이름은 악수. 악수엔 생명의 위험을 감수할 만큼 특별한 게 있었던 걸까? 당시 의학 기술 정도라면 악수를 통해 병균이 전염된다는 걸 알았을 텐데 말이다.

며칠 후, 혜성은 스스로 답을 찾았다. 금지된 악수를 하게 되고, 꿈꾸는 사람이 되었으니까.

처음으로 혜성이가 악수하게 된 이유는 배가 고파서였다. 그날따라 혜성은 점심 급식 시간만 기다렸다. 석 달 후에 열리는'주니어 사이언스 리더'대회에 참가할 아이디어를 생각하느라 아침을 대충 먹은 탓이었다.

"야! 주혜성. 무슨 생각해? 넌 생각한 아이디어 없어?"

건호가 혜성을 불렀다.

"아직. 주제가 어렵잖아."

혜성은 대충 얼버무렸다. 책상 중앙에 안내 문구가 초록색으로 나타났다.

'오 분 후에 클럽 활동 시간이 끝나고, 점심 식사가 시작됩니다.'

지잉. 과학 교실에 모인 아이들이 손목에 착용하고 있는 라이프 워치에서도 진동 알람이 울렸다. 라이프 워치는 일정과 정보검색, 휴대전화, 건강관리 기능을 하는 필수품이다. 라이프 워치를 떼놓고 일상생활을 하는 건 불가능했다.

혜성은 엉덩이가 들썩거렸지만 참았다. 아무리 배가 고파도 대회가 훨씬 중요했으니까. 과학 교실에 모인 과학 클럽 전원이 '주니어 사이언스 리더' 대회를 준비하고 있었다. 투정이 쏟아져 나왔다.

"대회 주제가 두루뭉술해. 따듯한 세상을 만드는 과학이라니…."

"휴. 이번엔 상을 타야 과학 중학교에 가는데."

"편리한 세상이거나, 안전한 세상이라는 주제였다면 눈 감고도 했을 텐데…."

대꾸하는 사람 없이 자기 말만 쏟아내는 식이었다. 교실 정면에 놓여있는 대형 스크린에서 안내 문구가 반짝였다. 라이프 워치에서 "삑! 삑!" 울리는 진동 알람 소리와 함께.

'점심 식사 시간입니다. 각자 배정된 시간에 식사해 주세요.'

전교생이 안전한 거리에서 식사하려면 배정된 식사 시간을 꼭 지켜야 했다. 혜성이가 배정된 시간은 12시 5분.

급식 건물과 학교 건물은 동떨어진 곳에 있었지만, 무빙워크로 이동하면 시간이 충분했다. 혜성은 같은 급식 시간에 배정된 건호와 무빙워크에 타려고 줄을 섰다. 그런데 오늘따라 무빙워크가 느렸다. 라이프 워치에 안내 문구가 떴다.

'무빙워크 위에서 사고가 생겼습니다. 당분간 천천히 움직입니다.'

속도를 보니 제시간에 이동하는 건 빠듯해 보였다.

"클럽 시간이 끝나기 오 분 전에 출발할걸. 이게 다 쓸데없는 이야기가 길어져서 그래."

혜성이가 삐쭉댔다. 그럴 만도 한 게 일 분이라도 시간을 넘기면 쫄쫄 굶어야 했다. 건호가 다급하게 말했다.

"학교 건물 뒤편에 있는 지름길로 가면 괜찮을 것 같은데? 직접 뛰어야 하겠지만."

지름길에 있는 무빙워크는 계단 언덕길이나 다름없었다. 낡을 대로 낡아서 이제는 움직이지 않았고, 조만간 철거하고 새로운 무빙워크를 설치할 예정이라는 문구가 라이프 워치에 뜨기도 했었다.

"아! 거기가 있었지?"

혜성이는 망설이지 않고 내달렸다. 건호도 뒤따라 뛰었다. 지름길에 들어서자, 라이프 워치에서 진동 알람이 울리며 경고 문구가 떴다.

'현재 위치 무빙워크 사용금지. 다른 무빙워크를 이용해 주세요.'

혜성과 건호는 알람을 무시하고 무빙워크에 올랐다. 구형 무빙워크는 가파른 계단 모양에 골동품 같았는데 녹까지 여기저기 슬어 있었다. 장마철이라 그런지 미끌미끌하고 위험해 보이기까지 했다. 하지만 혜성은 배고픔 덕분에 용감했다.

계단을 두 칸씩 건너뛰며 오르다가 세 칸씩, 네 칸씩 올랐다. 혜성은 녹슨 부분은 밟지 않으려고 바닥만 보며 숨 가쁘게 올랐다. 눈앞이 온통 계단뿐이었다.

성큼성큼. 그러다가 휙! 혜성이가 발을 헛디뎠다. 순식간에 혜성은 비틀대며 균형을 잃었다. 팔을 허우적댔지만, 몸통이 뒤쪽으로 향했다.

"으악!"

혜성은 비명을 지르고, 눈을 질끈 감아버렸다.

그때, 혜성은 자기 오른손을 잡아당기는 묵직한 힘을 느꼈다. 손에서 전달되는 따듯한 체온과 함께. 그건 다른 사람의 손이었다. 덕분에 혜성은 다시 균형을 잡을 수 있었다.

혜성은 손을 잽싸게 놓아버렸다. 눈을 떠보니 단발머리 여자아이가 보였다. 웃고 있는 눈이 반달 모양이었다. 뒤에 따라오던 건호가 외쳤다.

"손… 손을 잡았어!"

눈 깜짝할 사이에 학교 경비 로봇이 출동했다. 사람을 닮은 경비 로봇은 싸움을 말리거나 안전에 관한 일을 도맡아 했다. 경비 로봇이 이것저것 자세히 묻더니 사건을 요약했다.

"그러니까 두 학생은 무빙워크가 느려서 지름길로 가게 되었고, 리아 학생은 주혜성 학생이 넘어지려고 해서 손을 잡았다는 말입니까? 하지만 가족 이외에 다른 사람과 손을 잡는 행동은 금지입니다. 아직 미성년자라 처벌은 없지만, 매우 위험한 행동입니다."

고개만 끄덕이면 쉽게 넘어갈 일을 리아가 또랑또랑 따졌다.

"그럼, 앞으로 이런 일이 또 생기면 모르는 척하라는 말이야?"

혜성도 한마디 거들었다.

"나도 모르는 척하는 건 별로라고 생각해. 다쳤으면 대회에 나가지 못할 수도 있었어. 상 타서 과학중학교에 가고 싶었거든."

경비 로봇이 딱딱하게 대꾸했다.

"앞으로 조심하라는 뜻이었습니다. 두 학생은 같이 있으면 위험할지도 모르겠군요. 서로 가깝게 지내지 않는 게 좋겠습니다. 접근 금지를 설정하겠습니다."

경비 로봇이 혜성과 리아가 착용한 라이프 워치에 터치를 했다.

"앞으로 두 학생은 거리가 5M 안으로 가까워지면, 라이프 워치에서 경고 알람이 울립니다. 1M 안으로 가까워지면 제가 출동하고, 부모님께 연락이 갑니다."

심하게 다투거나 문제를 일으키는 아이나 받는 접근 금지를 받다니. 혜성과 리아는 어리둥절했다. 그렇게 둘은 말 한마디 나누지 못하고 헤어졌다.

혜성은 병균이라도 옮았을까 싶어서 손을 박박 씻었다. 아무리 깨끗이 씻어도 오른손엔 따스함이 남아있었다. 리아 손으로 전해졌던 따스함이었다.

따스함은 시간이 지날수록 심장까지 퍼지는 것 같았다. 혜성은 낯선 감각이 싫지 않았다. 문득 리아가 떠올랐다. 이제 보니 리아에게 고맙다는 말 한마디도 못 했잖아? 혜성은 리아에게 감사 인사를 해야겠다고 마음먹었다.

손을 잡은 사건은 학교에 빠르게 퍼졌다. 그만큼 큰 사건이긴 했다. 혜성과 비슷한 또래들은 유치원에 가기 전부터 타인과 생기는 접촉이 얼마나 위험한지 교육을 받는다. 거기다가 육아 로봇 손에서 자란 아이들은 사람 손길을 받은 경험이 적었으니 관심이 쏠리기 마련이었다.

혜성은 리아에게 고맙다는 말을 하려고 분주하게 움직였다. 하지만 리아의 라이프 워치 연락처를 찾는 것부터 만만치 않았다. 리아 친구를 찾는다 해도 애초에 서로 연락처를 공유하는 경우가 드물기 때문이었다.

다음엔 어쩔 수 없이 말을 전해줄 친구를 찾기로 했다. 하지만 딱히 부탁할 친구가 떠오르지 않았다. 혜성은 가깝게 지내는 친구가 없다. 그건 다른 아이들도 마찬가지였다.

혜성은 궁리 끝에 건호를 찾았다. 같은 과학 클럽 활동에 밥도 같이 먹는 건호라면 들어줄 것 같았다.

"건호야. 리아에게 고맙다는 말 좀 전해줘. 난 접근 금지당해서 그래."

"야. 왜 그런 부탁을 해? 나랑 상관없는 일이잖아. 대회 이야기면 몰라도."

돌아온 답은 칼 같은 거절. 혜성은 서운하지 않았다. 건호 말은 틀린 게 하나도 없었다. 따지고 보면 그냥 남이었다. 일정이 겹쳐서 함께 보내는 시간은 많아도 서로에 대해 아는 게 없고, 알고 싶은 적도 없으니까. 그렇다고 포기할 혜성은 아니었다.

혜성은 기회를 호시탐탐 노렸다. 5M 밖에서 리아를 찾는 건 어렵지 않았다. 한 번 리아를 찾았더니 눈에 자주 띄었다. 큰맘 먹고"고마워!"하고 외쳐볼까 했지만, 눈에 띄는 건 불편했다. 안 그래도 혜성이가 손을 잡았다고 가자미눈으로 흘기는 아이들이 있어서였다.

다른 좋은 방법이 없을까? 궁리가 길어지는 만큼이나 대회도 잘 풀리지 않았다. 따듯한 세상을 만드는 과학이라는 주제는 산으로 가거나, 미로에 빠졌다.

혜성은 리아를 쫓다 보니 자연스레 눈을 마주치는 일이 잦아졌다.

그때마다 리아는 손을 흔들었다. 반달 같은 눈으로. 반면에 혜성은 고개를 돌려버리고 말았다. 누구와 반갑게 인사하는 일은 낯설었으니까. 태도는 차가웠지만 마음은 따로 놀았다. 혜성은 리아에 대한 질문이 하나둘 생기기 시작했다.

어떤 클럽에서 활동하지? 어떤 음식을 좋아할까? 리아도 내 체온을 기억할까? 같은 시시한 질문들이었다. 혜성과 관련 없는 그저 그런 이야기들.

수업이 끝나고, 혜성이가 과학 교실에 혼자 남아 있었다. 대회 덕분에 생긴 스트레스를 로봇 만들기로 풀고 있었다. 그런데 라이프 워치에서 경고 알람이 울렸다. 다른 때와 달리 강한 진동과 함께. 온몸에 찌릿찌릿한 전기가 흐르는 것 같았다.

"삑! 삑! 접근 금지!"

화들짝 놀란 혜성은 두리번거렸다. 가까운 주변에 리아가 있다는 신호였다. 교실 복도 창문에서 낯익은 반달눈이 보였다. 리아가 손을 흔들고 있었다.

"삑! 삑! 접근 금지!"

리아는 경고 알람에도 아랑곳하지 않고 큰 목소리로 외쳤다.

"주혜성! 할 말 있어. 너도 있어 보이던데? 교문 옆 인공 그늘로 와. 거긴 경고 알람이 안 울려!"

리아가 말만 남기고 빠르게 사라졌다. 경고 알람이 울리지 않는 장소가 있었다고? 혜성은 그동안 괜한 고생을 했다며 허탈하면서도 심장이 쿵쿵 뛰었다. 어떤 말인지 궁금해서였다. 혜성은 서둘러 교실을 정리하고 뛰어갔다. 하늘에선 노을이 붉게 타고 있었다.

저만치 리아가 노을을 등지고 서 있었다. 혜성은 달리기를 멈추고 천천히 걸었다. 멀리서만 보던 리아를 향해. 둘 사이가 점점 가까워졌다.

"삑! 삑! 접근 금지!"

5M 안으로 가까워진 순간, 라이프워치에서 흐르는 찌릿찌릿한 진동이 몸에 퍼졌다.

"뭐야! 안 울린다며?"

혜성이가 뒷걸음치며 물었다. 도리어 리아는 혜성에게 달려오며 외쳤다.

"그걸 믿었니? 경비 로봇한테 잡혀가면 그만이지! 거기서 기다려!"

"뭐? 거짓말이라는 거야?"

혜성이가 목소리를 높였다. 그 사이에 혜성과 리아가 성큼 가까워졌다.

"삑! 삑! 접근 금지!"

이제 1M 안으로 가까워졌다. 리아는 손만 뻗으면 혜성이가 닿을 거리에서 멈췄다.

"삑! 삑! 접근 금지! 3분 안에 경비 로봇이 출동합니다."

리아가 왼손을 성큼 내밀었다.

"우리 인사하자! 예전엔 손으로 인사했대."

혜성이가 눈만 끔뻑이며 머뭇대자, 리아는 혜성의 오른손을 잡아채고는 흔들었다. 리아 체온이 손을 통해 전달되었다. 뜨겁지 않고, 미지근하지도 않은 따스한 온도. 로봇이 아닌 사람에게만 느낄 수 있는 따뜻함이다.

"삑! 삑! 접근 금지!"

리아가 말을 이어갔다.

"이게 악수라는 거래! 우린 벌써 한번 해봤잖아? 사실은 말이야. 왜인지 모르게 다시 해보고 싶더라고. 따듯하고 좋아서…. 우리 친구 할래?"

혜성은 흔쾌히 고개를 끄덕였다. 악수를 두 번 한 것뿐인데 이미 가까운 사이 같았으니까.

"삑! 삑! 접근 금지! 곧 경비 로봇이 출동합니다."

혜성이가 다급하게 입을 열었다.

"고마웠어. 넘어질 뻔했을 때 손잡아줘서."

리아가 웃었다. 반달눈이 곡선을 그리며 그림처럼 나타났다. 곧 경비 로봇이 나타나더니 둘 사이를 가로막았다. 혜성은 리아와 마주 잡았던 손을 놓았다.

연락을 받고 학교에 부랴부랴 나타난 엄마는 잔소리를 쏟아냈다. 하지만 혜성이는 한마디도 들리지 않았다. 혜성이 머릿속엔 리아에 대한 궁금증이 봇물 터지듯 밀려왔고, 미로에 빠졌던 대회 주제도 어렴풋이 출구가 보이는 것 같았기 때문이다.

따듯한 세상이란, 서로 체온을 나누는 세상이 아닐까?

혜성은 과학자가 되면 마음껏 악수할 수 있는 세상을 만들겠다고 결심했다.

'1M 안으로 가까워지면 3분 안에 경비 로봇이 출동한다 이거지? 그럼 3분 전에 떨어지면 되겠네. 우정에 2분 59초면 충분해.'

혜성이는 오른손을 활짝 펼쳤다. 리아와 헤어지고, 깨끗이 씻은 손이었다. 하지만 손에는 따듯함이 고스란히 새겨져 있었다.

당선소감

김 민 영

도대체 누가 신춘문예에 당선되는 걸까?

글벗들에게 건너오는 당선 소식도 없이 몇 해를 보내고 나니 문득 드는 질문이었습니다. 신춘문예와 공모전에 사용하려고 구입했던 백 개짜리 우편 봉투 한 묶음이 겨우 대여섯 개가 남았을 땐, 신춘문예가 비현실적인 판타지 세상으로 느껴지기도 했지요. 하지만 포기하지 않았더니 당선 소식을 받았고, 그제야 현실에 존재하는 세상으로 다가와서 감격했습니다.

심사위원님과 경상일보 관계자분들, 앨리스에겐 이상한 나라로 이끈 토끼가 있었던 것처럼 저에게 동화 세상을 열어주신 김미희 작가님, 소중한 '세나동' 글벗들, 한겨레 70기 '글빛' 동기들과 선생님들, 아침을 함께한 지나, 성성푸른도서관 박민주 관장님과 자원봉사자분들, YCC모임, 두정동 성당 교우분들과 대모님 마르코님, 사랑하는 가족, 영혼의 동반자인 남편과 라라, 하느님에게 감사와 사랑을 전합니다.

마지막으로 당선된 작품의 첫 문단을 바꿔서 세상에 띄웁니다.

세상은 포기가 금지되었다. 끝까지 나아간다면, 기꺼이 응답해 주는 따듯한 세상이니까.

경상일보 – 심사평

잘 짜인 구성에 주제 세련되게 녹여내

본심에 올라온 작품은 모두 9편이었다.

'오늘부터, 우리는 친구'는 학교 내 왕따 문제를 다루었다. 왕따 문제는 현대 사회의 고질적인 병폐로 아동문학에서 꾸준히 호명되는 소재이다. 그러다 보니 주제에 접근하는 방식이 새롭지 않았고, 기시감이 들었다. 또 가난한 아이가 왕따의 대상이 되는 것도 일종의 프레임처럼 다가와 마음에 걸렸다.

'수다쟁이 개, 노루'는 나무꾼 설화의 후일담을 새롭게 구성한 이야기로 흥미로웠다. 남의 청을 거절하지 못하는 아이가 개 '노루'를 만나면서 벌어지는 이야기인데, 개 '노루'는 나무꾼 설화에 등장하는 노루의 변신이다. 노루의 입담이 걸쭉하고 익살스러워서 읽는 재미가 있었다. 그러나 주인공 아이의 역할이 없고 행동의 변화도 보이지 않았으며, 사람처럼 말을 하던 노루가 갑자기 평범한 개로 돌아온 결말은 개연성이 확보되지 않아 석연찮았다.

'2분 59초'는 인간성의 상실을 다루고 있다. 세균의 감염이 염려돼 접촉을 금지하고 있는 시대에 사는 '혜성'은 '악수'라는 인사법에 궁금증을 갖는다. 모든 일상이 라이프워치에 의해 통제되고, AI 로봇에게 감시되는 사회에서 혜성은 망가진 무빙워크에 탑승했다가 사고를 당할 뻔한다. 그때 한 아이가 손을 잡아 구해주는데, 혜성은 인간과의 접촉이 따스했다는 것을 기억하고, 따듯한 세상을 만드는 과학이 어떤 것인가라는 과제 해결의 실마리를 찾게 된다.

잘 짜인 구성에 주제를 녹여내는 방식이 세련된 작품이었다. 그러나 과학이 고도로 발달한 시대에 세균감염을 우려한다는 설정이 다소 의아했다.

'수다쟁이 개, 노루'와 '2분 59초' 두 작품을 두고 고민하다가 주제가 명확하고 잘 짜여진 '2분 59초'를 당선작으로 결정했다. 당선작가의 발전을 기대한다.

심사위원 : 원유순(동화작가 · 문학박사)

2024 광남일보 신춘문예 동화

송태고

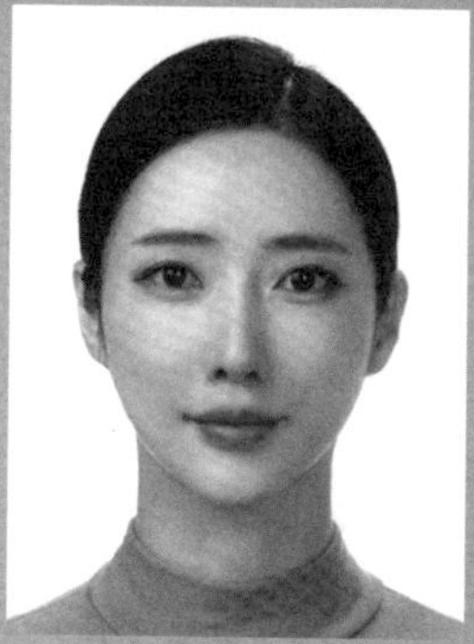

1989년 부산 출생
숭실대 문예창작학과 졸업
2024년 《광남일보》 신춘문예 동화 부문 당선
저서 : 잃어버린 봄을 찾아서 (그림책)
skdixorh@hanmail.net

왕발 거인

송 태 고

"아이고, 아직도 이런 달동네에 집이 있어."

우리가 살던 집은 달동네에서도 꼭대기 층에 있었다. 이삿짐을 옮기는 아저씨들은 투덜대셨지만, 나는 이 달동네를 떠나는 게 아쉬웠다.

"달을 제일 가까이서 볼 수 있는 특별한 동네야."

친구들이 계단이 많은 동네에서 산다고 놀렸을 때, 아빠가 해준 말이었다. 그동안 달과 함께 쌓은 추억이 많았는데, 한낮에 이사하는 바람에 달과 마지막 인사를 나누지 못한 게 마음에 걸렸다.

"도배랑 장판이 많이 낡았는데……."

"어차피 지하 방이라서 도배나 장판이 금방 떠. 대신 애들 낙서해도 내가 뭐라고 안 할게."

새로운 집은 예전 집과는 달리 계단이 딱 열 개뿐이었다. 엄마는 이 집을 썩 마음에 들어 하지 않았지만, 나는 예전 집에 비해 넓고 계단이 적은 새로운 집이 무척 마음에 들었다. 여름방학이 끝나면 얼른 친구들을 집에 초대하고 싶었다.

주인집 아주머니가 나가자, 엄마는 아빠에게 전화를 걸었다. 아빠는 지방에서 근무 중이라 일주일에 한 번씩 집에 왔다. 회사가 너무 바쁠 때는 2주에 한 번씩 올 때도 있었다. 그런 아빠가 보고 싶어 전화하려고 하면 엄마는 우리를 말렸다. 좀 더 큰 집으로 이사 가기 위해 아빠가 고생 중이라고. 아빠를 귀찮게 하면 안 된다고.

"이사는 잘 끝났어. 도배와 장판을 새로 해야 할 거 같은데. 당분간은 애들 낙서하게 두려고."

엄마는 여전히 우글쭈글한 도배와 장판이 마음에 걸려 했다.

"성아야, 우리 벽에다가 그림 그릴까?"

나는 아빠와 친구들이 집에 왔을 때, 깜짝 놀랄만한 멋진 그림을 그리고 싶었다. 하지만 성아는 그저 커다란 창문만 바라보았다.

"저기 봐. 신발들이 지나가!"

"엄마가 없을 때는 커튼치고 꼭 불 켜고 있어. 성아는 우진이 오빠 말 잘 듣고."

"그럼, 햇빛이 들어오지 않는걸."

성아의 말에 엄마는 걱정스러운 표정으로 다시 한번 신신당부했다. 엄마가 없을 때 낯선 사람들이 집 안을 보면 안 된다고. 아이들만 집에 있는 걸 알면 위험해진다고.

하지만 우리는 엄마가 없을 때면 틈틈이 그 약속을 어겼다.

"오빠, 우리 지하 탐험대 같다."

신이 난 성아가 부엌에 있는 냄비를 하나 쓰더니 나에게도 하나 건네주었다.

"맞아. 우리는 지하 탐험대야! 사람들이 볼 수 없는 지하 보물들을 벽에다 그리자."

울퉁불퉁 반듯하지 않은 누런 벽지가 마치 선사시대 동굴처럼 보였다. 여기에 멋진 그림을 그리면 책에서 본 동굴 벽화처럼 꽤 근사하겠지. 나는 하루라도 빨리 그림을 완성해 아빠와 친구들에게 보여주고 싶었다. 하지만 성아는 창문 밖 구경을 더 좋아했다. 겨우 사람들 발밖에 보이지 않는데도 뭐가 그리 재밌는지.

굽이 빠져 절뚝거렸던 뾰족구두, 계단처럼 높은 통굽 구두, 발가락이 툭 튀어나온 삼선 슬리퍼, 그리고 하얀 맨발의 새끼 고양이들까지. 이사 온 지 일주일밖에 되지 않았지만, 성아는 그동안 본 재미난 신발들에 대해 매일 같이 이야기했다. 그중에서도 성아가 가장 좋아하는 것은 왕발 거인이었다.

"저기 왕발 거인이 지나간다!"

매번 우리 집 앞에서 먼지바람이나 일으키며 지나가는 낡고 커다란 운동화. 저런 왕발 따위가 뭐가 그리 재밌는지 알 수 없었지만, 성아는 늘 신이 나 있었다.

"우와! 오늘도 왕발 거인이 모래바람을 일으켜!"

"너무 가까이서 보지 마!"

"살짝만 볼게. 왕발 거인 얼굴이 너무 궁금해. 왠지 털북숭이에 덩치도 곰같이 클 것 같아."

성아가 창문 앞으로 식탁 의자를 끌고 오더니 그 위에 다람쥐처럼 폴짝 올라가 까치발을 들었다. 그때였다. 커다란 머리가 우리 집 창문으로 내려왔다.

"으악!"

나는 중심을 잃은 성아를 간신히 붙잡았다. 하마터면 성아가 의자에서 넘어질 뻔했다. 고개를 숙인 커다란 머리는 어느새 창문에서 사라져 버렸다.

"오빠, 우리가 너무 크게 소리를 질러서 왕발 거인이 놀랐나 봐."

"너 때문에 내가 더 놀랐거든? 엄마가 위험한 장난은 치지 말라고 했잖아."

나는 엄마 말을 떠올리며 커튼을 쳤다. 성아는 아쉬워했지만, 어쩔 수 없었다. 엄마 아빠가 없을 때는 내가 동생을 지켜야 하니깐.

그날 이후, 나는 괜히 왕발 거인이 신경 쓰이기 시작했다. 환기를 시키기 위해 어쩔 수 없이 창문을 열 때면 왕발 거인이 지나가나 집중해서 보았다.

"지각했나 봐. 왕발 거인이 엄청 빠르게 걷는다."

평소보다 왕발 거인의 보폭이 거친 것 같았다. 걸음걸이도 빨라졌다. 마치 돌진하는 진격의 거인 같았다. 나는 얼른 커튼을 쳤다.

"왕발 거인이 또 얼굴을 내밀면 어쩌려고 그래?"

내가 야단을 치자 성아의 입이 오리처럼 삐죽 튀어나왔다. 하지만 그것도 잠시, 성아의 눈이 동그래졌다.

"오빠, 창문 틈에 뭐가 있었어!"

창문 틈 사이에는 성아의 말처럼 하얀 쪽지와 스티커 뭉치가 꽂혀 있었다.

'얘들아. 저번에 놀라게 해서 미안해.'

성아는 쪽지를 읽고는 신이나 스티커 뭉치를 뜯었다.

"모르는 사람이 주는 거 이렇게 함부로 받으면 안 돼."

"하지만, 티니핑은 내가 제일 좋아하는 캐릭터란 말이야!"

유치하게 이런 걸로 어린아이들의 환심을 사려고 하다니. 나는 왕발 거인이 생각보다 더 나쁜 사람일지도 모른다는 생각이 들었다. 하지만 나의 이런 마음을 전혀 모르는 성아는 신이나 티니핑 스티커를 벽에 붙이기 시작했다.

"이제부터 커튼 열지 마!"

"오빠 진짜 미워!"

내가 소리를 치자, 성아는 삐진 채 하얀 쪽지와 스티커를 들고 방으로 들어가 버렸다.

다행인지 불행인지 며칠 동안 비가 내렸다. 그 핑계로 나는 커튼을 열지 않았다. 성아도 딱히 커튼을 열자고 떼를 쓰지 않았다.

"오빠 벽에 그린 그림이 덜 말랐어. 축축해."

"그러게. 얼른 비가 그쳐야 하는데."

"오늘은 그림을 못 그리겠다. 비가 점점 많이 오는 것 같아."

걱정스러운 성아의 표정에 나는 커튼을 살짝 열고 창문 밖을 내다보았다. 순간, 대가 부러진 우산 하나가 창문을 가리더니 이윽고 익숙한 신발이 보였다. 바로 왕발 거인이었다.

"어이쿠. 미안하다. 아저씨 운동화 끈이 풀려서."

얼굴은 보이지 않았지만, 생각보다 다정한 목소리였다. 우리가 놀랐을까 봐 왕발 거인은 후다닥 창밖에서 사라졌다.

"왕발 거인 맞지? 생각보다 착한 아저씨 같아."

"그래도 조심해야 해."

말은 그렇게 했지만 나도 성아와 같은 생각을 했다. 왕발 거인의 목소리는 따뜻하고 포근했다. 마치 아빠와 닮은 목소리였다.

"오빠, 아빠 보고 싶어."

"이제 며칠만 참으면 주말이잖아."

나는 성아를 달랬다. 나도 아빠가 보고 싶었지만, 성아 앞에서 티를 낼 수 없었다.

"이런 날 엄마라도 집에 있었으면 좋았을 텐데."

비가 오나 눈이 오나 엄마는 일을 했다. 주말에도 엄마는 아빠에게 우리를 맡기고 근처 마트에서 아르바이트를 했다. 엄마에게 쉬는 날은 없었다. 우리를 더 좋은 집에서 살게 하려면 어쩔 수 없다고 했다.

"하늘에 구멍이 났나 봐. 오빠, 집이 무너지면 어떻게 해."

정말 하늘에 구멍이 난 것 같았다. 수돗물처럼 콸콸 비가 하늘에서 쏟아지기 시작했다. 우르르 쾅쾅 천둥소리가 들리자, 성아가 울먹거리기 시작했다.

"방에도 비가 내려."

집 천장에서 비가 새어 나오기 시작했다. 나는 얼른 집에 있는 냄비들을 꺼내 바닥에 놓았다. 하지만 그것도 소용없었다. 순식간에 냄비 안은 물이 가득 차버렸고, 방 안에 물이 서서히 고이기 시작했다. 성아와 내가 걸레로 열심히 방을 닦았지만, 방바닥에 구멍이 났는지 쉴 새 없이 물이 차올랐다. 어느덧 우리가 그린 그림도 전부 지워져 버렸다.

"오빠, 그림이 다 지워졌어."

성아가 결국 울음을 터트렸다. 나도 속이 상했지만 애써 아무렇지 않은 척했다.

"그림은 다시 그리면 돼. 일단 물을 밖으로 빼자."

우리는 냄비로 물을 퍼서 세면기에 갖다 버렸다. 그래도 물은 전혀 줄지 않았다. 어느새 물이 우리 발목까지 차올랐다. 안 되겠다 싶어 나는 성아의 손을 잡고 현관문으로 향했다.

"밖으로 나가서 엄마한테 전화를 걸자."

하지만 아무리 있는 힘껏 현관문을 밀어도 문은 열리지 않았다. 성아는 더 큰 소리로 울기 시작했고 나도 눈물이 날 것 같았다. 나는 엄마에게 전화를 걸었다. 하지만 휴대전화의 수신음은 가지 않았다.

"엄마……."

성아가 엄마를 찾기 시작했다.

"걱정하지 마. 엄마 곧 올 거야."

문틈으로 들어오는 빗물은 성아의 키만큼 빠르게 높아져만 갔다. 나는 식탁 의자를 창문 앞에 가지고 왔다. 그리고 성아와 함께 의자 위로 올라갔다.

"도와주세요!"

창문을 두드리며 목이 터져나가도록 소리를 질렀지만, 나의 외침은 세찬 빗소리에 힘없이 덮여버렸다. 빗물은 어느새 집안을 삼켜버렸고 화장실도 터져버렸는지 냄새나는 똥물이 방안으로 흘러들어왔다.

"오빠, 이제 우리 죽어?"

성아는 방 안에 가득 찬 빗물을 보더니 점점 더 서럽게 울었다. 정말 성아 말처럼 이렇게 죽으면 어쩌지. 동생 앞에서 울면 안 되는데. 불어나는 빗물이 무서워 눈물이 멈추지 않았다. 그때였다.

"여기 애들이 있어요! 애들아, 뒤로 물러서!"

밖에서 어떤 아저씨의 다급한 외침이 들려왔다. 나는 얼른 성아를 안고 의자 아래로 내려갔다. 어느새 방 안의 빗물은 내 코끝까지 차올랐다.

"오빠, 아빠 목소리지? 아빠가 온 거지?"

"응, 이제 걱정하지 마. 아빠가 왔으니 이제 괜찮아."

정말 아빠일까? 사실을 알 수 없었지만, 그 순간만큼은 성아를 달래기 위해 나는 아빠라고 대답했다.

밖에서는 아저씨들이 창문을 깨려고 안간힘을 쓰고 있었다. 하지만 창문은 좀처럼 쉽게 깨지지 않았다. 아저씨들은 몇 번씩이나 창문을 쾅쾅쾅 내리쳤다. 그때마다 나는 내 품에 안겨 있는 성아를 토닥여주었다. 다행히도 성아는 아빠가 밖에 있다는 이야기를 들은 뒤로, 울음을 잘 참았다.

드디어 창문이 와장창 깨졌다. 창밖에서 벌겋게 상처 입은 두 팔이 들어왔다. 나는 안고 있던 성아부터 창밖으로 넘겼다. 성아를 무사하게 받은 팔은 이윽고 나를 안았다. 우리가 안전하게 창밖으로 나오자, 밖에 있던 아저씨들이 모두 기뻐서 소리를 질렀다.

“살아서 정말 다행이야.”

그중에서도 직접 두 팔을 넣어 우리를 꺼낸 아저씨가 제일 기뻐했다. 아저씨는 똥물이 가득 묻어 악취가 진동하는 우리를 전혀 신경 쓰지 않은 채, 다친 팔로 우리를 더 따뜻하게 감싸주었다.

“으앙, 아빠!”

아빠가 아닌 걸 알고 있었지만, 우리도 모르게 아빠라는 말이 나왔다. 아빠가 너무 보고 싶었던 건지, 그 아저씨가 아빠 같았던 건지. 그건 잘 모르겠다. 그렇게 우리는 처음 보는 아저씨 품에 안겨 임시 대피소로 향했다.

곧 연락받은 엄마가 두 눈이 퉁퉁 부은 채 임시 대피소로 달려왔고, 엄마는 우리를 구해준 아저씨께 연신 감사하다고 인사를 드렸다. 우리도 엄마와 함께 고개 숙여 아저씨께 감사하다고 인사를 드렸다.

"왕발 거인이다! 거봐. 내가 착한 아저씨라고 했잖아."

성아가 해맑게 아저씨를 바라보며 웃었다. 물에 젖은 커다란 운동화가 여기저기 다 찢겼지만, 그 발은 왕발 거인이 분명했다.

"사실 우리 집 막내가 이제 열 살이거든요. 얼마 전 낮에, 어쩌다 창문으로 아이들이 있는 걸 봤는데, 혹시나 오늘 낮에도 아이들이 집에 있을까 봐 달려왔어요. 도저히 제 동생 생각나서 그냥 지나칠 수 없었어요."

알고 보니 왕발 거인은 수염도 없는 뽀얀 피부에 고운 미소를 가진 대학생 형이었다. 엄마는 찢어진 형의 신발을 보고 다음에 꼭 새 운동화를 사주겠다고 했지만, 형은 괜찮다고 거절했다.

"아이들이 무사해서 정말 다행이에요. 저는 그거면 충분해요."

환한 형의 미소를 보니, 거센 폭우 소리에 놀란 마음이 조금씩 가라앉기 시작했다. 그리고 내 마음에는 새로운 달 하나가 떠올랐다. 인사를 나누지 못한 채 헤어진 예전 달동네 달과 꼭 닮은.

당선소감

송 태 고

7년을 넘게 거주하던 동네에는 코끼리 놀이터가 있었습니다. 그곳에서 저는 아이들에게 '춘희 언니'라고 불렸습니다. 제가 키우는 강아지 이름이 춘희였기 때문입니다. 춘희는 코끼리 놀이터에서 유명 인사였고 그 덕분에 저도 아이들에게 둘러싸이는 영광을 누렸습니다.

그 시간 동안 아이들의 이야기를 참 많이 들었습니다. 말랑말랑한 연애 고민 상담부터 아이들 대화 속에 담긴 부모님들의 고민, 그리고 생각보다 더 무거웠던 소외된 아이들의 학교생활 이야기까지. 고요한 새벽, 참새들의 첫 울음소리처럼 투명한 아이들의 이야기는 아직도 제 일기장에 고스란히 간직되어 있습니다.

저는 앞으로도 아이들의 영원한 춘희 언니가 되고 싶습니다. 아이들 눈에 어른이 아닌, 춘희 언니였기 때문에 나눌 수 있었던 소중한 대화들. 무엇보다 큰 가르침이었던 그 시간들을 앞으로도 이어가고 싶습니다.

창작에 있어서 아직도 모르는 것이 참 많습니다. 그럴 때마다 책꽂이 꽂힌 다양한 이야기꾼들로부터 도움을 받습니다. 이미 세상을 떠난 이부터 한참 어린 이까지, 다국적 모든 이들의 도움을 받아 더 재미난 춘희 언니가 되기 위해 노력하고 있습니다.

보시다시피 제 글은 지난여름 반지하 수해 사건들이 모티브였습니다. 참담한 현실을 기사들로 접하며 그 속에서도 희망을 찾아 이야기를 만들었습니다. 분명 어디선가는 이런 따뜻한 현실이 존재할 것이라 굳게 믿으며 말입니다.

언젠가 C.S.루이스와 톨킨 같은 판타지 문학의 대가가 되는 것이 꿈이지만, 기적과 희망이 담긴 현실 동화도 들려주고 싶습니다. 네모난 틀에 갇힌 이야기가 아닌, 네모난 상상의 문을 열어주는 문지기가 되어 밝은 미래를 들려주고 싶습니다. 또한 바른 어른이 되어 좀 더 나은 미래를 보여주고 싶은 큰 욕심도 있습니다.

이런 저에게 용기를 심어준 심사위원분들에게 감사 인사를 드리며, 숭실대 문예창작학과 최승호 교수님, 조성기 교수님, 김인섭 교수님, 백로라 교수님 감사드립니다. 또한 장서가가 될 수 있도록 끊임없이 지원해 준 우리 가족과 코끼리 놀이터의 인기스타 우리 춘희, 복희 너무 사랑하고 고마워. 마지막으로 8년째 저의 룸메이트이자 최고의 편집자가 될 수(秀)에게도 이 마음을 전합니다.

광남일보 – 심사평

소외된 이웃에 관심과 배려…
소중함 투영

광남일보 신춘문예 동화 부문에 접수된 원고는 반려 인구 1500만 시대의 사회상을 보여주듯 반려동물 관련 동화가 많았으며, 그 외 환경 보호, 다문화, 자신의 꿈, 우정, 신뢰, 학교생활, 인공 지능, 가족 관계에 대한 어려움 등 다양했다.

130여 편을 읽고 또 읽다 보니 십여 편으로 간추려졌고, 십여 편은 다시 서너 편으로 좁혀지다가 마침내 당선작이 보였다.

당선작인 '왕발 거인'은 지하 방으로 이사한 오누이가 겪은 세상 이야기다. 둘은 겨우 사람들 발밖에 보이지 않는 동굴 같은 집에서 창문 밖으로 오가는 사람들의 신발 구경을 하기도 하고, 헌 벽지에 마음껏 그림을 그리며 즐겁게 지내고 있었다. 하지만 갑작스러운 집중호우로 집에 물이 차오르고 지하 방의 오누이에 관심을 두고 있던 거인의 도움으로 목숨을 구한다. 왕발 거인은 힘들고 소외된 이웃에게 갖는 우리의 작은 관심과 배려가 우리 사회를 얼마나 따뜻하게 밝혀주는지 말해준다.

우리는 매년 여름철 집중호우로 인한 침수 피해에 관한 뉴스를 접해봤을 것이다. 집이며 살림살이들이 흙탕물에 엉망이 되고, 양동이와 쓰레받기로 물을 퍼내는 장면들을 떠올리면 이 동화는 실제로 있었던 일을 옮겨놓은 듯한 리얼리티를 보여준다.

동화는 제목이나 처음 몇 문장을 읽어 내려가는 동안 어린이 독자의 호기심을 잡아야 하고, 그 이야기를 끝까지 끌고 가는 사건의 구성이 탄탄해야 한다. 특히 판타지 동화에서는 리얼리티, 그럴듯함을 확보하지 못하면 아무리 톡톡 튀는 소재의 이야기일지라도 그저 공상에 불과하다. 그런 부분에서 아쉬웠던 작품들이 많았으며, 공모 요강을 제대로 지키지 않은 작품들도 여럿 있었다.

마지막까지 고민했던 작품들은 언급하지 않으려 한다. 내가 그랬던 것처럼 이 길을 멈추지 않고 나아간다면 뜻하는 바를 반드시 이루어낼 것임을 믿기에.

당선자에게는 아낌없는 축하를, 아쉽게 수상하지 못한 분들에겐 앞으로도 기회가 있음을 잊지 말고 정진하기를 바란다.

심사위원 : 유백순(아동문학가)

2024 국제신문 신춘문예 동화

서미경

1975년 서울 출생
인천교육대학교 졸업
한겨레 아동문학 작가 교실 66기 졸업
동화세상 동화학교 36기 졸업
아동문학 동아리 '나무' 활동
2024년 《국제신문》 신춘문예 동화 부문 당선
mkseo75@naver.com

현차우를 찾아라

서 미 경

두만강을 먼저 건넌 엄마가 강기슭에 없었다. 세찬 물소리를 뚫고 가느다랗게 들리는 내 이름. 나는 또 울다가 깼다. 집에 혼자 있는 게 무서워 밖으로 나왔다. 열두 살이 되었어도 꿈에 두만강만 보이면 발각될까 벌벌 떠는 열 살이 되었다. 골목길을 걷다 보니 두만강 꿈이 조금씩 지워졌다.

툭 투두둑. 굵은 빗방울이 쏟아졌다. 가까운 편의점으로 뛰어갔다. 편의점 진열대 맨 아래 칸에서 탄탄면이 눈에 띄었다. 중국에서는 한 입 먹고 뱉었는데 여기서 다시 보니 반가워 잽싸게 집었다. 탄탄면을 들고 일어서다 옆 사람과 부딪쳤다.

"리현옥. 좀 조심해! 컵라면 다 떨어질 뻔했잖아."

돌아보니 유준이었다. 나도 한마디 쏘아붙이려다 말았다.

"너 때문에 떨어진거니까 니가 정리해."

내가 말만 하면 유준이는 입을 삐죽거리며 중얼중얼 내 말투를 따라했다. 처음 그럴 때는 울컥 눈물이 났다. 나를 앞에 두고 손가락질하는 것만 같았다. 요즘은 유준이 앞에서 말을 안 하거나 유준이를 피했다. 떨어진 컵라면을 올려놓고 유준이와 반대쪽으로 갔다.

출입문에 달린 종이 세차게 흔들리더니 중국어 통화 소리가 들렸다. 소리가 점점 커졌다.

"강아지 사료 2키로 29,000원. 배변패드 100개가 30,000원. 이번 달 생활비가 ……."

잠시 침묵이 흘렀다. 곧 화난 목소리가 스피커 폰에서 왕왕 울렸다.

"보라색 혓바닥으로 절뚝이는 다리를 핥는데. 그럼, 못 본 척하냐……."

무슨 일인지 궁금해 집중해 듣게 되었다.

냉장고에서 음료를 꺼내는데 유준이가 얼굴을 들이밀며 말했다.

"1+1으로 반띵하자니까. 치사하게 못 들은 척하냐."

유준이가 뭐라 했는지 못 들었다. 유준이는 입을 삐죽거리며 들었던 음료를 제자리에 놓고 홱 나가 버렸다.

내가 탄탄면과 음료수를 계산대 위에 내려놓자 편의점 직원이 후다닥 전화를 껐다. 아무도 없는 줄 알고 스피커폰으로 통화했던 거였다.

"3400원입니다."

방금 전까지 중국어로 통화하던 편의점 직원의 한국어 실력이 제법 능숙했다. 탄탄면 용기에 따뜻한 물을 붓고 편의점 창가에 앉았다. 엄마가 집에 올 때가 거의 됐다. 어두운 창 너머로 엄마가 지나가기를 기다렸다.

자리를 바꾸는 날이다. 승혜가 내 뒷자리를 뽑았다. 승혜는 나를 슬쩍슬쩍 챙겨줬다. 놀이 방법을 몰라 내가 쭈볏거릴 때도 승혜는 31을 먼저 부르면 지는 거라며 알려줬다. 31은 베스킨로빈슨 아이스크림 놀이였다. 꼭 한번 먹어보고 싶다. 아뿔사 유준이가 승혜 짝이 되었다.

자리를 옮겨 서랍을 정리했다. 뒤에서 승혜와 유준이가 하는 이야기가 귀에 쏙쏙 들어왔다.

"김승혜. 내가 짝 돼서 싫어? 나도 별로거든. 표정이 왜 그래."

유준이는 말을 툭툭 내뱉었다.

"그게 아니라. 주말에 나 때문에 강아지를 잃어버려서 그래."

승혜가 풀죽은 목소리로 대답했다. 강아지를 잃어버려서 아침부터 계속 시무룩했구나. 유준이와 마주치기 싫어서 뒤를 돌아보지는 않았다.

"그랬냐. 어쩌다."

"할머니가 수술하느라 강아지 데리고 속초에서 내려오셨어."

승혜는 울먹이는 목소리로 할머니 이야기를 꺼냈다.

"우리 집이 1층이잖아. 학원 가면서 내가 현관문을 덜 닫았나 봐. 엄마가 할머니 입원시키고 집에 오니 현관문은 열려있고 강아지는 없더래. 엊저녁 내내 찾아다녔는데 못 찾았어. 할머니 찾아 나간 거야. 새끼 때부터 할머니가 키우셨거든. 할머니도 수술만 아니면 떼놓지 않을텐데……."

"쯧쯧. 좀 조심하지 그랬냐."

"이미 혼났는데. 유준이 너까지 그럴래."

"아니 뭐. 전단지는 붙였……."

승혜가 째려보며 목소리를 높이자 유준이가 기어들어가는 목소리로 말끝을 흐렸다. 부스럭거리며 승혜가 전단지를 꺼내는 것 같았다. 전단지를 보려고 고개를 돌리다 유준이와 눈이 딱 마주쳤다. 유준이가 입을 삐죽거리며 인상을 썼다. 승혜의 눈꼬리에 눈물이 고여있었다.

선생님은 서랍 정리를 했으면 모둠 이름을 정하고 모둠 구호를 연습하라고 했다. 우리 모둠은 3대 1로 '5학년 센스만점 티니핑'를 줄여 '오센티'로 모둠 이름을 정했다. 유준이가 계속 궁시렁거렸다.

"오센티 오센티 오센티 파이팅."

모둠구호를 삼삼칠 박수에 맞춰 연습했다. 의자에서 벌떡 일어선 유준이가 갑자기 나를 향해 소리 질렀다.

"현옥아. 으센찌가 아니라 오센티라고."

얼굴이 벌개진 나는 입을 꾹 다물어버렸다. 때마침 울린 쉬는 시간 종소리에 나는 얼른 화장실로 숨어버렸다.

수업이 모두 끝났다. 집에 가려다 청소당번인 승혜를 기다렸다. 뒷문을 열고 나오는 승혜에게 다가갔다.

"기다렸어?"

승혜가 웃으며 물었다. 고개만 끄덕이려다 유준이가 없다는 생각에 승혜에게 말했다.

"응. 같이 갈까 하고?"

"현옥아. 나 전단지 붙여야 하는데. 같이 붙일래? 너는 몇 시에 학원 가?"

"나 오늘 학원 없어. 전단지 보여줘."

승혜가 건낸 전단지를 찬찬히 봤다. 전단지 속 강아지는 짧고 하얀 털이 풍성했다. 거칠어 보이는 짧은 털은 만지면 왠지 부드러울 것만 같았다. 두툼한 목둘레 털이 사자의 갈기를 닮았다. 중국에서 안아줬던 차우차우가 생각났다.

"잃어버린 강아지 견종이 혹시 차우차우?"

"맞아. 차우차우에서 2글자 할머니 성에서 1글자. 현차우. 도대체 어디 있는 거니? 차우야! 현차우!"

승혜가 허공에 현차우를 불렀다. 승혜가 차우를 계속 부르자 세찬 물소리를 뚫고 가느다랗게 내 이름이 들렸다. 엄마가 나를 부르는 것만 같았다. 할머니 없는 낯선 곳에서 말 못하는 차우는 얼마나 무서울까? 현차우를 꼭 찾고 싶다.

우리는 교문을 나서며 전단지 붙일 장소를 찾았다.

"승혜야 조기."

버스정류장 통유리 위에서 종이 전단지들이 바람에 나풀거렸다. 내가 통유리 위에 전단지를 대자 승혜가 투명테이프를 뜯어 전단지 네 귀퉁이에 붙였다. 버스를 기다리던 아저씨가 다가와 전단지를 유심히 쳐다봤다.

"혹시, 본 적 있으세요?"

승혜는 뭐라도 찾으려고 아저씨에게 차우에 대해 이것저것 설명했다.

"그런데 언제 잃어버렸니?"

"어제요."

"3일 안에 못 찾으면 못 찾더라. 3일이 골든타임이야. 유기견보호소에서 10일 지난 유기견은 안락사시키는 거 알지. 유기견보호소도 꼭 연락해 보고."

빠르게 말을 마친 아저씨는 멈춰 선 버스를 타고 가 버렸다. '안락사'라는 말에 승혜는 얼굴이 하얗게 변했다.

나는 승혜 손을 잡고 서둘러 길 건너 '멍냥이네' 가게로 갔다. 아저씨는 동물병원이랑 반려용품가게에 꼭 붙이라고 알려주셨다.

"안녕하세요. 오제 강아지를 잃어버렸어요. 전단지 좀 붙여도 될까요? 도와주세요."

울고 있는 승혜를 대신해 내가 빠르게 말했다. 아줌마는 나를 보며 고개를 갸웃거렸다.

"그래. 그런데 너 어디서 살다 왔니?"

아줌마의 질문에 나는 두 손으로 입을 막았다. 갑자기 얼음이 되었다. 느닷없는 검문에 걸린 줄 알고 가슴이 쿵 내려앉았다.

"강원도에서 왔어요."

승혜가 대신 말했다. 잠깐, 여기는 남한이다. 더 이상 발각될까 무서워하지 않아도 된다. 잠시 마음을 가라앉혔다. 말투는 남한에서 나를 자꾸 북한 사람으로 분류했다. 남한 사람처럼 살고 싶어 말투를 꼭꼭 숨겼는데.

"그럴 줄 알았어. 같은 강원도 사람이네. 난 강원도 삼척이야."

아줌마는 쾌활하게 승혜 손에서 전단지를 가져가 바로 유리창에 붙여주셨다.

"강아지 찾으면 우리 가게 꼭 데리고 와라. 강원도 사람인데 할인 많이 해줄게."

꾸벅 인사를 하고 우리는 가게를 나왔다. 가게에서 몇 발짝 떨어지자 내가 말을 꺼냈다.

"승혜야. 내 말투가 이상해?"

"글쎄. 좀 다르긴 한데. 강원도에서 살았으니 그렇지. 난 속초 할머니 생각나서 좋아."

"강원도……."

내가 살다 온 곳은 원산이다. 남한이 아니라 북한의 강원도이다. 입국을 마친 후 더 이상 어디서 살다 왔냐고 묻지 않았다. 그 후 나는 아무한테도 말하지 않았다.

"우리 할머니 강원도 속초에 있는 아바이마을에서 순대장사 하셨거든. 지금은 아파서 수술하시지만. 난 사투리 재미있고 좋아. 모둠 구호 할 때 유준이 때문에 속상했지?"

"응……."

"걔 말하는 게 그래. 너무 마음에 두지 마. 난 너 사투리 쓰는 거 귀여워."

나는 내 말투를 북한말에서 강원도 사투리로 바꿔봤다. 틀린 말은 아니다. 그치만 승혜한테 말하지 못한 게 자꾸 마음에 걸렸다. 전단지 붙일 장소를 찾아 승혜와 전단지 30장을 거의 붙였다. 찝찝한 마음을 애써 떨쳐버렸다.

전단지가 마지막 한 장 남았다. 승혜가 편의점을 가리켰다.

"저기 붙이자, 그리고 뭐 좀 먹자. 내가 살게."

꽤 많이 걸어서 힘들고 배도 고팠다. 승혜가 편의점으로 나를 끌고 갔다. 편의점 직원을 보는 순간 어제의 중국어 통화 내용이 생각났다.

중국에서 함께 지냈던 차우차우의 혓바닥이 보라색이었다. 전단지의 사진에서 혓바닥이 보이지 않아 미처 생각하지 못했다.

승혜가 진열장 앞에서 과자를 고르며 손짓했다. 나는 계산대로 가서 편의점 직원에게 전단지를 내밀며 물었다.

"저, 이 강아지 오제 본 적 있지요?"

편의점 직원이 고개를 끄덕이며 놀라는 기색이었다.

"승혜야. 현차우 찾을 것 같아. 이리 와 봐."

무슨 영문인지 몰라 멀뚱멀뚱 쳐다보는 승혜에게 상황을 설명해주었다. 편의점 직원이 휴대폰에서 강아지 사진을 보여주었다. 승혜가 화면 위에서 엄지와 검지손가락을 오므렸다 벌렸다. 확대된 사진에서 강아지 콧등의 하트 무늬를 확인했다.

"우리 차우야. 현차우 맞아. 인식표 확인하면 돼."

나와 승혜는 서로 끌어안고 팔딱팔딱 뛰었다. 드디어 현차우를 찾았다. 같이 사는 친구가 엊저녁 순댓국집 앞에서 현차우를 발견했었다. 갑자기 말을 멈춘 편의점 직원이 미안해 했다.

"키울 형편이 되지 않아 순댓국집 앞에 도로 갖다 뒀어."

"그 순댓국집이 어디에요?"

승혜가 울며 물었다.

"그게 말이야. 나도 걱정돼 순댓국집을 지나 편의점에 왔는데. 없더라고. 미안하다."

승혜가 소리 내어 울기 시작했다. 나는 우는 승혜를 창가 의자에 앉혔다. 편의점 직원이 친구와 통화했다. 손은 승혜를 토닥이고 귀는 중국어 통화 내용에 집중했다. 둘은 통화 중 옥신각신 싸우는 것 같았다.

"승혜야. 친구가 차우를 병원에 입원시킨 것 같아."

편의점 직원이 통화를 마치고 우리 쪽으로 성큼성큼 다가왔다. 성급한 마음에 직원은 중국어로 빠르게 말했다. 나도 중국어로 대답했다. 우리는 편의점에서 만나 동물병원에 가기로 했다.

"현옥아. 중국어 언제 배웠어. 대단해."

승혜가 눈을 크게 뜨고 나를 바라봤다. 사실을 말하지 않은 게 거짓을 말하는 것처럼 마음이 불편해졌다. 머뭇거리는 사이 승혜가 휴대전화에서 현차우 사진을 찾아 보여줬다.

"승혜야 ……. 나 북한에서 태어났어. 강원도 원산. 중국에서 좀 살았어."

"그랬구나. 고마워 현옥아. 니가 나 살려준 거 알지. 퇴원 후 할머니한테 혼날 생각만 해도 아휴."

놀란 승혜는 몸서리를 치는 시늉을 하며 너스레를 떨었다. 말하면 무서울 일이 벌어질 줄 알았는데 오히려 편안했다.

"뭐 먹자."

승혜가 나를 진열대로 끌고 갔다. 내가 탄탄면을 집자 승혜도 따라 집었다.

편의점 출입문에 달린 종소리가 울렸다. 유준이가 들어왔다. 유준이는 나와 승혜가 들고 있는 탄탄면을 보며 입을 삐죽거렸다.

"현옥아. 오늘도 탄탄면 먹냐."

"그래. 내일도 먹어야지."

내가 대답하자 유준이가 입을 삐죽거렸다. 유준이가 별로 신경 쓰이지 않았다.

편의점 직원이 바코드로 탄탄면 2개를 찍자 편의점 포스기가 '2+1 상품입니다.'라고 말했다. 유준이가 잽싸게 탄탄면을 집어 계산대에 내려놓았다.

"탄탄면 맛있지. 나도 같이 먹자."

유준이 말에 나도 승혜도 피식 웃어버렸다. 우리는 창가에 앉아 편의점 직원의 친구가 오기를 기다렸다. 어두운 창 너머로 보이는 모습이 어제와 너무 달랐다.

당선소감

서 미 경

재밌는 잔소리 만들기
더 노력할게요

한의원에 누워있는데 계속 울리는 진동 소리에 전화를 받았어요. 주차된 차를 빼달라는 전화인 줄 알았어요.

"국제 신문입니다."

세상에나 이렇게 당선 소식을 듣고 집에 돌아와 딸에게 꿈이야 생시야 하며 꼬집어 달라고 했어요.

글을 쓰고 싶은 마음은 교실에서 아이들과 생활하면서 꼭 쓰고 싶은 마음이 되었어요. 반복해 말하니 같은 말은 아이들에게 잔소리가 되었어요. 다음 해가 되면 같은 말을 다른 아이들에게 또 말하니 지겨웠어요. 하고 싶은 말과 해야 하는 말을 옛이야기로 들려주고 전래동화를 패러디해 들려주고 상상해서 들려주었어요. 이야기는 아이들과 저를 웃게 만들었어요.

3년 전 진짜 써보자며 한겨레 아동문학 작가 교실에 갔어요. 세상에나 글 잘 쓰는 사람이 이렇게 많다니. 시점도 제대로 모르는 제가 포기하지 않고 한겨레 아동문학 작가 교실을 졸업했어요.

졸업 후 7명이 모여 '나무' 모임을 만들어 읽고 썼어요.

아는 만큼 보인다더니 쓴 만큼 모르는 거 투성이었요. 작가인 대학 선배로부터 동화세상을 소개받았어요. 동화세상의 동화학교 36기에 추가 합격으로 입학했어요. 오주영 담임선생님과 동화세상 선배 작가님들의 강의를 들으며 36기 동기들과 1년 동안 읽고 썼어요.

제가 여기까지 올 수 있도록 도와준 모든 분들에게 정말 감사드려요. 그동안 힘들다며 짜증 냈는데 내 옆을 지켜준 신랑과 엄마의 도전을 지지해 준 채현이와 진우. 고마워. 하늘에 계신 아빠, 요양원에 누워만 계신 엄마. 나 해냈어요. 사랑해요.

아직 부족한 점이 많지만, 잔소리를 재미있게 만들기 위해 계속 노력할게요.

감상적이지 않고
인물들 조화 탁월

신춘문예 작품은 신인다운 패기와 독창성, 시대정신을 기대하게 된다. 등단 즉시 작가 활동을 펼 문학 역량이 축적돼 있어야 한다. 이러한 관점으로 응모작품을 읽었고, 다섯 편을 본심에 올려 논의했다.

'고미나는 고미나'는 다발성신경증으로 시력을 잃게 된 아이 이야기이다. 슬퍼하거나 동정하기보다, 예전과 조금도 다르지 않게 대해주는 친구의 배려가 속 깊다. 그런데 이상성이 다소 강하며, 친구에 비중을 두더라도 주인공의 현실 인식과 자발적 의지에 초점을 맞출 필요가 있다.

'아보'는 장애아와 돌봄 로봇의 우정을 그렸다. 주인공이 일상생활을 할 수 있게 해주는 조력자이자, 아이 마음을 지닌 로봇이기에 생명력이 있다. 공상과학으로만 보이지 않는 이야기의 힘이 있으나, 전개 방식과 구성에 비약이 있고 허술한 문장도 곳곳에 보인다.

'엄마의 별'은 우주정거장에서 태어난 아이가 우주여행을 할 수 있는 신체조건이 되자 지구로 돌아온다는 이야기이다. 문장과 구성은 안정적이나 대체로 익숙하고 평범하다. 시공간 배경 묘사와 캐릭터 · 세계관도 더 새롭고 대범했으면 좋았겠다. '눈사람 사용 설명서'는 하늘나라로 간 엄마가 눈사람으로 찾아와 아이의 그리움을 녹여주는 판타지가 신비롭고, 감각적 이미지와 감수성이 돋보인다. 반면 단락 나눔과 대화와 지문의 구분, 적확한 어휘 구사가 아쉽다.

'현차우를 찾아라'는 소외감 · 두려움을 느끼던 탈북 어린이가, 한국 친구들과 친해지며 앞으로 나아가는 이야기이다. 탈북과 중국 체류 경험이 작품을 이끌며 '지금 여기'의 개별성을 살리고, 비주류 이방인 이야기라는 점에서 보편성도 갖추었다. 비슷한 주제의 기존 동화들에 비해 감상적이지 않고, 등장인물들의 어린이다움도 조화로워 당선작으로 뽑았다.

심사위원 : 선안나 · 최미혜 동화작가

2024 매일신문 신춘문예 동화

정 유 나

1985 마산 출생
진주 거주
2024년 《매일신문》 신춘문예 동화 부문 당선
youi114@daum.net

점이 사라졌다

정 유 나

왜! 왜 하필 이게 내 다리에 붙어있을까?

정말이지 너무 싫다. 지름이 자그마치 6cm나 되는 동그랗고 거무스름한 것. 내 오른쪽 종아리에 딱 박혀 십 년을 함께 지내온 이 반점 말이다. 내 키가 조금씩 크는 것처럼 점도 같이 자라는 것 같다. 어른이 되면 얼마나 커져 있을지 생각만 해도 끔찍하다.

"엄마, 다시 병원 가 보면 안 돼? 나 점 좀 빼 줘. 응? 엄마아아."

"전에 의사 선생님 말씀 들었잖아. 시술해도 재발할 수 있다고."

"다시 안 생길 수도 있잖아. 방학이라 지금 빼기 좋단 말이야."

그때, 언니가 끼어들었다.

"야, 김정미. 점이 보이면 어떠냐? 아무도 너 신경 안 써. 그냥 치마 입고, 반바지도 입어."

순간 눈물이 찔끔 나왔다.

"언니가 뭘 알아!"

점 때문에 점미라고 놀림당하고, 더운 여름에도 스타킹을 신는 고통을 언니가 알아? 예쁜 원피스를 골라 입어도 치마 밑에 점이 보이면 바지를 집는 내 마음을 아느냐고. 밉상 중의 왕밉상, 언니 다리에도 똑같이 점이 있으면 좋겠다! 콱, 박혀있어 봐야 내 맘을 알 거다.

"으르르, 멍! 멍! 멍!"

쫑이가 언니를 향해 으르렁 짖었다. 언니가 움찔하고 쫑이를 째려봤다. 잘했다 쫑쫑! 내 마음을 아는 사람, 아니 동물은 쫑이밖에 없다. 쫑이는 다리도 짧고, 얼굴도 못생긴 점박이지만, 나름대로 품종 있는 애완견 불테리어다.

엄마가 한숨을 쉬고 내 앞으로 오천 원을 내밀었다.

"그만하고 너는 두부 좀 사 와. 은미는 학원 갈 준비나 하고."

나는 입을 삐죽 내민 채 돈을 챙겨서 집을 나섰다.

마트에 들어가자마자 박하 맛 왕사탕부터 집었다. 두 모 포장된 두부와 계산하니 돈이 딱 맞았다. 봉지를 흔들며 지나왔던 공원으로 들어서는데 웬 천막 하나가 눈에 들어왔다.

[공갈 도사가 왔다! 뭐든 내가 다 없애줄게!]

천막에 붙은 현수막에 '뭐든 내가 다 없애줄게!' 글씨가 날 잡아당겼다. 천막에 다가가 입구를 살짝 걷었다. 흰 수염과 흰 머리칼을 늘어트린 할아버지가 떡하니 자리 잡고 있었다.

"안녕하세요."

눈이 마주치자, 할아버지가 헛기침하고 말했다.

"크흠, 너 고민 있구나? 시커멓고 동그란 게 보이네."

할아버지의 말에 정신이 번쩍 들었다.

"어떻게 아셨어요? 네, 제 종아리에 점이 있어요."

"잘 왔네. 내가 고거 빼는 법 알려줄까나?"

"뺄 수 있어요? 어떻게 하면 되는데요?"

다짜고짜 얼굴을 들이대며 물었다. 할아버지는 헛기침만 하고 뜸을 들였다. 나는 애간장이 탔다.

"제발 그 방법 좀 알려주세요!"

"크흐흠, 세상에 공짜가 어디 있겠어."

할아버지가 손바닥을 쓱 내밀었다. 쭈글쭈글하고 때가 껴서 새카맸다. 마트에서 두부 사고 남은 돈이 없었다.

"이것밖에 없는데요."

봉지를 들어 보이자, 할아버지가 단박에 미간을 찌푸렸다.

"그러면 잘 가거라."

"하, 할아버지. 두부라도 한 모, 드릴까요? 아, 이거 드세요. 목 아플 때 좋아요."

할아버지가 두부는 제쳐두고 박하 맛 왕사탕 껍질을 까기 시작했다. 오물오물, 내 소중한 사탕은 할아버지의 양 볼을 왔다 갔다 했다.

"원래 이런 거로 알려주진 않아. 하지만 덕분에 목이 좀 편해졌어. 어린이 특별 행사라고 해 두지."

할아버지는 쪽쪽 사탕 녹이는 소리를 내며 말했다. 그러고는 부스럭 소리를 내며 큰 주머니에서 손톱만 한 작은 물건을 꺼냈다.

"이 연고를 네 점에다 바르고 '일에 하나요, 둘에 두나고, 셋에 세나지.'라고 외는 거야. 그러면 점이 쏙 떨어진단 말이지."

나는 할아버지가 잡고 있는 그 연고에 눈을 떼지 못했다. 튜브 물감처럼 생겼는데 한두 번 쓸 양인지 아주 작았다. 할아버지가 다시 말을 이었다.

"그런 다음, 떨어진 점을 재빨리 물에 담가야 해."

"왜요?"

내 질문에 할아버지가 잠시 생각하는 듯 고개를 갸웃하다 소리쳤다.

"그냥 시키는 대로만 해. 싫으면 말고!"

할아버지가 연고를 큰 주머니에 집어넣으려고 하자 얼른 그 손을 붙잡았다.

"싫긴요, 주세요, 그렇게 할게요, 그럴게요!"

최대한 불쌍한 표정을 지으며 애원했다. 할아버지가 다시 연고를 내밀었다.

"어험! 양이 많지 않으니까 한 번에 잘해. 점을 잘 잡아야 할 것이야."

"네. 말씀대로 할게요."

한 번에 잘하자. 잘 잡자. 나는 꾸벅 인사를 하고 천막을 나왔다.

두부가 들어간 김치찌개를 배불리 먹고, 어느덧 잘 시간이 되었지만 내 눈은 말똥말똥했다. 곧 새근거리는 언니의 코 고는 소리가 들렸다. 나는 이불을 걷어 천천히 일어났다. 그리고 연고를 꺼내

점 위에 발랐다. 연고는 요구르트같이 끈적끈적하고 시큼한 냄새가 났다. 코를 막고 코맹맹이 소리로 중얼거렸다.

"일에 하나요, 둘에 두나고, 셋에 세나지."

아무런 변화가 없었다. 점이 마법처럼 사라질 것 같았는데 그대로였다. 속은 건가 싶었는데 종아리가 간질간질했다. 이럴 수가!

종아리의 맨살 위로 점이 쓱 올라왔다. 마치 접착력이 떨어진 시커멓고 동그란 스티커 같았다. 점이 떨어졌다! 무려 십 년 동안 징글맞게 붙어있던 시커먼 반점아, 이젠 안녕이다. 언니가 깰까 봐 소리 없는 만세를 외쳤다.

'어? 어디 갔지?'

점을 잡으려고 보니 방금까지 내 종아리 위에 있던 점이 보이지 않았다. 할아버지가 잘 잡고 물에 빨리 담그라고 했는데 너무 기뻐서 깜빡하고 말았다. 나는 얼른 주변을 살폈다.

'저, 저게 뭐야?'

바닥을 스멀스멀 기어가는, 거무스름한 물체를 발견했다. 내 점이다! 한때 내 일부였던 것이 떨어져 움직이고 있다.

점은 내 손을 피해 빙판길에 미끄러지듯 방바닥 위를 휘젓고 다녔다. 점은 날렵했다. 점이 언니 침대 쪽으로 갔다. 점은 이불 위를 방황하다 비죽 나온 언니의 다리 위에서 멈췄다. 그러고는 언니 종아리에 붙어버렸다.

"맙소사. 안 돼."

새어 나오는 말을 겨우 막았다. 나는 오줌 마려운 쫑이처럼 침대

주위를 맴돌았다. 언니를 깨워야 하나? 깨워서 점이 붙었다고 하면 나를 이상하게 생각할 텐데. 하지만 내가 일부러 그런 게 아니고 점이 그런 건데…….

그래. 점이 언니한테 가서 언니에게 점이 생긴 거다. 쌤통이다. 이제 언니 다리에 점이 생겼다. 내 마음도 몰라주던 언니에게 점이 생겼다! 복잡했던 머릿속이 뻥 뚫렸다. 나는 이불 속으로 들어갔다. 눈을 감으니, 가슴이 콩닥콩닥 뛰는 게 느껴졌다.

아침 일찍 눈이 뜨였다. 일어나자마자 내 종아리 먼저 확인했다. 꿈이 아니었다. 기분이 좋았다. 콩나물국이 아삭아삭 맛있고, 콩밥도 꿀맛이다. 엄마는 내 점이 없어진 줄도 모르고 빨래를 너느라 정신이 없다. 나는 엄마에게 반들반들한 내 종아리를 언제 보여줄지 고민했다.

"엄마아아아, 엄마!"

언니의 비명에 깜짝 놀라 엄마가 달려갔다. 나는 모르는 척, 못 들은 척하고 조용히 콩밥을 씹었다.

"왜 그래? 무슨 일이야?"

"내 다리에, 점! 점이 생겼어! 꼭 정미 점 같이 둥글고, 커!"

'정미 점'이란 말에 씹던 콩밥을 꿀꺽 삼켰다.

"어머나. 이게 뭐야, 점이 하루아침에 생기나? 그런 거 아니지?"

엄마는 믿을 수 없다는 듯 내 점 아니, 언니 점을 문질렀다. 점은 움직이지도 지워지지도 않았다. 언니가 털썩 주저앉았다. 아예 방바닥에 드러누웠다.

"내가 이딴 걸 왜 그리겠어. 이게 뭐야. 으아앙!"

쫑이가 아침밥을 먹다 말고 소란스러운 언니 주변을 어슬렁거렸다. 그사이 나는 조용히 학원 가방을 챙겨서 집을 빠져나왔다.

"정미야, 네 것이지?"

나는 깜짝 놀라 뒤를 돌아보았다. 같은 학원에 다니는 친구 미라였다. 미라가 분홍색 샤프를 건넸다.

"어제 학원에서 빨리 나갔지? 네 의자 밑에서 주웠어. 네가 아끼던 거잖아. 자."

언니가 선물로 준 샤프였다. 가슴이 따끔하고 찔렸다.

"어 맞아. 고마워."

학원 수업이 끝나자마자 어느 때보다 빨리 집에 도착했다.

"엄마, 언니는?"

오자마자 언니를 찾았다. 엄마가 한숨을 쉬며 말했다.

"밖에 못 나가겠다고 방에 처박혀 있어. 어휴, 그 점이 뭔지."

나는 방문을 열고 들어갔다. 언니 눈이 벌게져서 눈병 난 환자 같았다. 언니가 콧물을 훌쩍이며 말했다.

"갑자기 점이 생기니까 겁 나. 밴드 세 개를 붙여도 보인다니까. 나 어떡해."

언니의 눈에서 눈물이 주룩주룩 쏟아졌다. 나는 깜짝 놀라 휴지를 건넸다.

"너도 싫었을 텐데. 내가 그것도 모르고. 미안해."

"이, 이제 괜찮아. 언니도 점이 떨어져야 할 텐데……."

언니에게 점이 생겨서 고소했다. 그런데 내 점 때문에 울고, 나한테 미안하다고 하니 또 가슴이 따끔하고 기분이 이상했다.

종아리에 주먹만 한 점이 생기면 좋아할 사람이 있을까? 수술하든, 연고를 바르든, 뺄 수만 있다면 무엇이든 할 거다. 아, 그러고 보니 연고가 있다! 연고를 다 짜지 않았다. 분명 남아 있을 거다.

언니가 화장실 간 사이 침대 위, 휴지통 안, 방바닥 구석구석을 찾았다. 하지만 연고는 보이지 않았다. 어제 바르고 어디에 뒀는지 도무지 생각나지 않았다. 아무래도 할아버지한테 가서 다시 연고를 받는 게 빠를 것 같았다.

"어디 갔지?"

분명히 공원에 있던 이 자리가 맞는데 천막도 공갈 할아버지도 보이지 않았다. 집으로 가는 발걸음이 무거웠다.

아침, 점심도 제대로 못 먹은 언니 때문에 우리는 평소보다 일찍 저녁을 먹었다.

엄마가 숟가락을 '탁' 놓으며 말했다.

"아빠가 내일 너희 데리고 큰 병원에 가보자고 했어. 시술이 힘들다고 해도 의사 선생님께 일단 빼보자고 할 거야. 둘 다 그만 찡그리고 밥 좀 먹어둘."

그 말에 멍하게 있던 언니가 헤벌쭉했지만 난 웃을 수 없었다. 언니 다리에 붙은 점은 절대 한 번 만에 빠지지 않을 거다. 그 연고만 있으면 되는데…….

밥을 다 먹고 쫑이에게 새 물과 껌을 주러 다가갔다. 그때, 쫑이

엉덩이에 깔린 낯익은 그것이 보였다. 연고다! 쫑이를 밀치고 연고를 집었다. 쫑이가 물고 놀았는지 연고가 샜지만, 다행히 한 번 더 바를 양은 남아 있다.

온종일 울던 언니는 지쳤는지 일찍 잠들었다. 나는 움푹한 그릇에다 물부터 떠 왔다. 언니 다리에 붙은 내 점을 보았다.

'이젠 정말 안녕이다.'

나는 연고를 잡고 끝에서부터 차근차근 남김없이 모아 짰다. 연고는 시큼한 냄새를 풍기며 모습을 드러냈다. 연고를 점 위에 살살 바르고 말했다.

"일에 하나요, 둘에 두나고, 셋에 세나지."

점이 언니 다리 위로 쏙 올라왔다. 그때, '끼익' 소리를 내며 방문이 움직였다. 나는 깜짝 놀라, 소리 지를 뻔했다.

쫑이였다! 문이 열려있었는지 쫑이가 방문을 밀고서 안으로 들어왔다. 앗, 내가 꾸물거리던 사이 점이 쫑이에게 갔다. 그리고 쫑이 다리를 타고 올라갔다. 쫑이가 간지러운지 몸을 이리저리 휘젓고, 다리로 얼굴을 긁었다. 내가 손쓸 새 없이 점이 쫑이의 얼굴에서 멈춰버렸다.

엄마가 방문을 확 열어젖혔다.

"일어나래도. 일찍 준비하고 병원 가야지."

언니가 일어나 먼저 씻으러 갔다. 쫑이가 들어와 내 뺨을 핥았다. 쫑이의 얼굴을 쓰다듬으며 마음속으로 시간을 잿다. 1초, 2초,

3초…….

"엄마! 없어. 점이 없어졌어!"

"어머머, 정말 점이 없네? 어제 똑똑히 봤는데."

나는 기지개를 켜고 원피스 잠옷을 입은 채 거실로 나갔다.

"정미야. 나 점이 사라졌어. 내 다리 봐! 어? 너도 없어!"

언니가 동그랗게 눈을 뜨고 내 오른쪽 다리를 가리켰다. 나는 놀란 표정을 지었다.

"어? 없다. 정말 신기하다."

어색한 말투였는데 엄마와 언니는 신경 쓰지 않았다. 언니는 입이 찢어질 것처럼 좋아했다. 엄마가 우리 종아리를 번갈아 만지며 또다시 확인했다.

"허, 기가 막혀. 어쨌든 잘됐네. 병원 갈 필요 없겠어."

"멍! 멍! 멍!"

엄마가 쫑이를 안으며 말했다.

"그래 쫑아, 너도 누나들처럼 점이 없어졌으면 좋겠어? 우리 쫑이는 점이 매력인데, 없으면 안 되지."

엄마는 쫑이 얼굴에 새로운 점이 생겼다는 걸 알아채지 못했다. 하긴, 이렇게 보니 내 점이 아니라 원래 있던 쫑이 점 같다. 엄마 말대로 우리 쫑이는 점이 매력이다.

당선소감

정 유 나

좋은 동화를 쓸 수 있을까? 동화를 어떻게 대해야 할까? 동화 쓴다는 걸 쉽게 생각했던 건 아닌지 자문하며 깊은 고민에 빠진 적이 있습니다. 누군가의 뼈아픈 조언보다 혼자서 생각을 정리할 필요가 있었지요.

'진심을 담자.'

글감을 구상하고 초고를 쓸 때 제가 찾은 답을 짚어봅니다. 진심을 담아 쓰고 있는지. 그다음 부족한 부분을 채워나가자. 이 마음가짐이 틀린 건 아닌가 봅니다. 담고 채우다 보니 당선이란 선물을 받으니 말입니다. 재미있고 좋아하는 것이 일이 된다는 건 큰 행운입니다. 이제 시작이라 생각하고 아이들 가슴에 남는 재미있고 선한 동화를 쓰겠습니다.

당선 전화를 받고 가족이 먼저 떠올랐습니다. 정진규 사장님, 배말순 여사님, 제 안에 있는 깜찍한 동심은 두 분이 심어주신 거랍니다. 감사해요. 하나뿐인 동생아, 덕분에 시작이 좋아. 고마워. 다정한 시부모님 감사합니다. 하준구 씨, 함께 해줘서 고마워. 축

복이랑 즐겁게 살아요.

제가 동화를 쓸 수 있다는 걸 깨닫게 해주신 정해왕 선생님, 차근차근 이끌어주신 강효미 선생님, 감사합니다. 함께 공부했던 글벗들에게도 고마움을 전합니다.

마지막으로 축복을 두 배로 만들어주신 매일신문사와 심사위원님께 감사드립니다.

매일신문 – 심사평

교시적 쾌감과
미적 쾌감의 조화를

무릇 모든 사상(事象)에는 보편성과 함께 특수성이 따르기 마련입니다. 아동문학은 '아동'이라는 접두어가 그 특수성을 대변하고 있습니다. 즉 독자를 일컬을 때에 동심을 가진 모든 성인을 포함하되, 성장기의 아동을 주독자로 한다는 것입니다.

그리하여 아동문학은 특히 독자로 하여금 교시적(教示的) 즐거움과 미적(美的) 즐거움을 함께 느끼게 해 주어야 하지 않을까 합니다. 교시적 즐거움은 작품을 통해 얻을 수 있는 교훈적인 기쁨이고, 미적 즐거움은 작품 그 자체에서 우러나는 품격에 대한 기쁨, 즉 문학작품으로서의 완성도에서 얻어지는 기쁨이라고 할 수 있습니다.

따라서 동화문학은 어른의 옛 시각으로 아동의 동선(動線) 묘사에 그치는 단순한 문학이 아니라, 위의 두 조건을 충족시켜야 하는 어쩌면 가장 완성도 높은 예술 작품이어야 하는 것입니다.

이러한 관점으로 응모된 151편의 작품을 하나하나 살펴보았습니다. 전체적으로 창의적인 소재와 전개를 앞세운 젊은 신진작가들의 약진이 돋보였습니다.

'코파즈 왕국의 비염 왕좌', '엄마의 연애편지', '까만 콩이 어때서', '점이 사라졌다', '고래잡기', 'X맨', '눈오리 날아오르다', '무섭거나 좋아하거나', '작은 새, 큰 사랑', '용감한 단이', '안녕, 정말 안녕' 등의 작품을 끝까지 남겨, 이리 견주고 저리 견준 끝에 '점이 사라졌다'를 골라들었습니다. 모두가 독특한 캐릭터에 의외의 반전을 앞세우고 있어서, 한 작품만 골라들기에 매우 고통스러웠습니다.

당선작 '점이 사라졌다'는 성장기의 독자가 흔히 가질 수 있는 콤플렉스(complex)를 다루어, 동일시(Identification)를 깊이 불러일으킬 수 있다는 점이 돋보였으나, 현실과 환상의 경계가 모호하여 단순한 예화(例話)로 끝날 수 있으며, 구성에 있어서도 결말부분에서 좀 더 치열한 당위성을 확보했으면 하는 아쉬움이 못내 걸렸습니다. 하지만 상대적으로 독자에게 쉽게 다가와 공감을 불러일으킬 수 있다는 점에 무게를 두어 당선작으로 뽑았습니다. 앞으로의 정진을 기원합니다.

심사위원 : 심후섭(아동문학가)

2024 무등일보 신춘문예 동화

신명진

전북 남원 출생. 동시인

광주대 대학원 문예창작과 아동문학 전공

KB창작동화제 입상

2024년 《무등일보》 신춘문예 동화 부문 당선

mailrose@naver.com

사슴벌레 주유소

신 명 진

헉, 이럴 수가!

작고 허름한 건물 한 채와 덩그러니 놓인 낡은 주유기 두 대가 전부라니… 그것도 외딴 산 밑에.

"두고 봐, 비록 시골로 가지만 후회 안 할 거야. 아빠만 믿어."

나는 이사 오면서 장담했던 아빠 말이 도무지 미덥지 않았다. 돌아가신 친척이 하던 낡은 주유소를 아빠가 맡겠다고 했을 때 엄마가 그토록 반대했던 이유도 알 것 같았다. 왼손마저 잘 못 쓰는 아빠인데 말처럼 되겠냔 말이었다.

지리산 구룡계곡 방향에서 달려오던 승용차 한 대가 주유소 마당으로 들어왔다.

"어서 오십시오. 구룡 주유소를 찾아주셔서 감사합니다."

아빠는 재빨리 달려가 주유 밸브를 차 주유구에 꽂았다. 셀프 주유소인데도 차 앞 유리까지 닦았다. 요즘은 잘 안 준다는 증정용 휴지도 건넸다.

승용차가 주유소를 빠져나가 굽은 산자락 뒤로 유유히 멀어졌다.

"예상했던 것보다 차가 너무 드물게 다니는데…."

아빠는 안타까운 배웅이라도 하듯 차 꽁무니를 바라보고 서서 혼자 중얼거렸다.

"그러니까 왜 이런 시골로 오냔 말예요."

나도 꿍알거렸다. 친한 친구들을 떠나올 때의 속상한 기분이 여전했다.

하릴없이 주변을 얼쩡거리다가 화장실 뒤쪽으로 갔다. 꽤 넓게 둘러쳐진 빈 닭장 울타리가 산비탈까지 이어져 있었다. 돌멩이를 집어 울타리 너머로 힘껏 던졌다. 초여름 푸른빛이 번지고 있는 밤나무숲으로 툭 떨어졌다.

학교는 집에서 꽤 멀었다. 반 친구는 모두 열한 명. 짐작한 대로 하나같이 마음에 안 들었다. 누구한테도 먼저 관심 보이고 싶지 않았다. 그저 눈을 내리깔고 조용히 클레이나 만지작거렸다. 미술 수업 선생님이었던 엄마 덕분에 어려서부터 클레이는 익숙했다.

"유치하게 아직도 그딴 걸 가지고 노냐."

상대적으로 피부 하얀 나를 처음부터 경계하던 태민이가 삐딱하게 말을 걸었다. 엄마가 필리핀 사람이고 영어를 자신만만해하는 애였다. 그런데 자기가 대답 못 한 영어를 내가 날름 말했으니…. 그런 데다가 선생님께서 내 그림과 클레이 솜씨를 칭찬한 것도 못마땅한 듯했다.

"여러분도 스마트폰만 쳐다보지 말고 시간을 좀 창의적으로 쓰세요."

특이 이 말씀이 스마트폰 게임 짱인 태민이 자존심을 상하게 한 모양이었다.

"그깐 걸로 삐길 생각 마라."

나는 대꾸하지 않았다. 삐길 생각은 아예 없었으니까.

"야, 근데 이곳 애들은 자꾸 도시로 이사를 하는데, 너는 왜 거꾸로 시골로 왔냐?"

내가 전혀 관심을 보이지 않자, 태민이는 굳이 묻지 않아도 알 만한 일로 자극했다.

"아빠 주유소 때문이야."

나는 눈길도 주지 않고 말했다.

"주유소는 차가 많은 도시가 더 잘 되는 거 아닌가? 울 아버지 말로는 그 주유소 파리 날린다던데? 더구나 요즘 전기차가 많아져서 잘 되던 곳도 망한다잖아."

정말 밉살맞게 말했다. 못 들은 척할 수 없었다.

"관심 끄셔. 우리 주유소는 손님이 벌떼처럼 많을 테니까."

태민이가 교실이 들썩하도록 콧방귀를 뀌었다. 내 이름 대신 야, 벌떼 주유소! 라며 놀렸다. 집에 도착할 때까지 내내 기분이 꿀꿀했다.

"엄마, 우리 주유소 잘되고 있는 거야?"

"넌 그런 걱정 말고 이거나 닭장에 뿌려주고 와."

나는 뚱한 채 참외껍질이 담긴 바구니를 들고 닭장으로 갔다. 얼마 전부터 기르기 시작한 닭들이 하루가 다르게 자라고 있었다. 인기척에 산비탈 여기저기에서 꺼억 꺽꺽꺽꺽, 몰려왔다. 한동안 지켜보다가 돌아서는데 발끝에 뭔가가 눈에 띄었다. 흑갈색 사슴벌레였다. 큰 집게 턱을 치켜들고 티끌 묻은 다리를 쉴 새 없이 꼼지락거렸다. 조심스럽게 바구니에 담아 신이 나서 주유소로 뛰어왔다.

"아빠, 아빠 이것 봐요. 사슴벌레야."

아빠는 보는 둥 마는 둥 했다. 주유소 마당으로 들어오는 승용차를 향해 뛰어나갔다. 나는 사슴벌레 움직임을 유심히 관찰하고 있었다.

"와 사슴벌레다."

차에서 내려 화장실을 다녀오던 꼬마가 호기심을 보였다. 곧 갖고 싶다며 엄마한테 막무가내로 떼를 썼다. 보다 못한 아빠가 주둥이를 잘라낸 빈 생수병에 사슴벌레를 담아 꼬마에게 덥석 줘버렸다. 꼬마는 입이 헤벌쭉해서 돌아갔다. 말릴 새도 없이 벌어진 일에 어이가 없었다.

"그런 얼굴 할 것 없어. 또 있는지 가서 찾아봐."

"왜 아빠 맘대로 줘요. 나도 갖고 싶었단 말이에요."

아빠는 들은 척도 안 했다. 그깟 사슴벌레가 대수냐는 듯. 나는 다시 닭장 주변을 샅샅이 살펴봤지만, 빈손으로 돌아왔다.

아빠가 아무리 친절히 해도 주유소 손님은 늘지 않았다. 시중가보다 주유 가격을 낮춰도 소용없었다. 아빠 한숨만 늘어갔다.

주말에 나는 클레이 상자를 챙겨서 주유소 사무실로 나왔다. 차가 들어오길 바라면서, 얼마 전 꼬마가 가로채 간 사슴벌레가 못내 아쉬워 그걸 만들 생각이었다.

정적을 깨고 흰 승용차 한 대가 미끄러지듯 들어왔다. 잠시 뒤 주유를 끝낸 아주머니가 뭐라고 했는지,

"아이쿠, 어쩌죠 사모님, 다음에 오시면 꼭 구해놓겠습니다. 다시 한번 와주십시오, 사모님."

아빠는 사모님 소리를 거푸 해가며 무턱대고 또 오라고 당부를 했다. 그리고는 내가 만든 클레이 사슴벌레라도 갖고 가라며 건네줬다. 그분은 지난번에 꼬마에게 준 사슴벌레가 죽었다며 다시 얻고 싶어 한 것이었다.

다행히 며칠 뒤, 아빠의 걱정이 시원하게 풀렸다. 아침에 주유소 마당에 사슴벌레가 세 마리나 엎드려 있었다. 알아보니 밤늦도록 켜놓은 주유소 불빛을 따라 날아온 것이었다. 주로 참나무 종류에서 서식하는 사슴벌레가 활동 시기를 맞아 짝을 찾느라 벌어지는 일이었다.

사슴벌레는 밤마다 몇 마리씩 날아왔다. 나보다 아빠가 더 기뻐했다. 꿍꿍이셈을 꾸미고 사슴벌레를 보는 대로 잡아 가뒀다. 나는 뭔가 꺼림칙했다. 아빠는 아랑곳없이 많이만 날아오길 바랐다. 부족하면 산으로 잡으러 갈 생각까지 했다.

사슴벌레 마릿수가 늘어나자, 인터넷에서 사육통과 먹이를 주문했다.

'사슴벌레 분양해 가세요. 주유하면 공짜!'

주유소 앞에 사슴벌레가 그려진 커다란 배너도 세웠다.

아빠는 원하는 사람한테 무조건 사슴벌레를 분양해 줬다. 소문이 퍼졌는지 주유 손님이 늘었다. 아빠는 콧노래를 부르며 그동안 지저분하게 버려뒀던 주유소 주변을 청소하기 시작했다.

움츠렸던 내 어깨가 덩달아 쫙 펴진 지 얼마 되지 않은 어느 날,

"그 말 정말이냐?"

태민이가 다짜고짜로 물었다. 한 애가 아빠가 받아왔다는 사슴벌레를 학교로 가져온 탓이었다. 나는 도둑질하다 들킨 것처럼 가슴이 뛰기 시작했다. 그러잖아도 사슴벌레 분양을 반 애들만은 절대 모르길 바랐었다. 찜찜하고 떳떳하지 않은 기분을 떨칠 수 없었기 때문이다.

"…."

나는 대답하지 않았다. 내 어깨는 다시 오그라들었다. 등 뒤에서는 불법이라는 둥, 잡혀간다는 둥 무섭고 겁나는 말이 웅웅거렸다. '그럴 리 없어. 다 지어낸 말일 거야.' 스스로 마음을 다독였지만, 올가미를 쓴 것처럼 옴짝할 수가 없었다.

토요일인 다음날, 주유소 마당으로 유난히 짙고 어두운 산 그림자가 내려앉고 있을 때였다. 느닷없이 태민이와 애들 몇 명이 주유소로 몰려왔다. 다들 뭔가 확인하려는 눈초리였다. 나는 어쩔 줄을 몰랐다.

"웃기고 있네, 벌떼는 무슨…."

태민이가 혼잣말을 궁싯거렸다. 마당에는 차 한 대가 주유 중이

었다. 파리 날리지 않으니 다행이었다.

"헐, 한두 마리가 아니야."

아이들이 채집통 앞에 붙어 서서 두런거렸다.

"야, 이러는 거 불법 아니냐?"

태민이가 채집통과 배너 글씨를 가리키며 잔뜩 눈꼴을 세웠다.

"무 무슨 소리야? 억지로 잡은 것도 아니고, 먹이 주며 잘 돌보고 있다고."

나는 문제 될 게 없는 투로 둘러대고 얼른 선심을 썼다.

"너희도 한 마리씩 분양해 줄게."

"쳉!"

태민이가 말 콧방귀 소리를 냈다.

"분양? 니네가 뭔데, 사슴벌레를 분양해? 무슨 권리로?"

"…."

무슨 권리? 나는 말문이 막혔다. 눈만 깜빡인 채 얼어붙었다.

"밤에 켜놓은 불 때문에 곤충들을 혼란하게 한 것도 잘못인데, 잡아서 분양하다니 도대체 너네는 양심이 있는 거냐 없는 거냐? 이건 환경파괴에 곤충 학대야, 이 새끼야."

태민이가 눈알을 부라리며 욕까지 했다. 나는 그동안 찜찜하던 마음을 눈앞에서 책잡히자, 얼굴을 들 수가 없었다.

"귀촌한 사람들은 대부분 자기밖에 모른다던데. 정말 그러나 봐."

"내 말이. 무슨 이딴 재수 없는 주유소가 다 있냐. 콱 망해 버려라."

태민이 말이 끝나기 바쁘게 애들이 바람처럼 주유소를 빠져나갔다. 주유소가 망해 버리라는 저주의 악담을 듣고도 나는 우두커니 서 있을 수밖에 없었다.

뒤꼍을 다녀와 사정을 모르는 아빠는 애들이 오자마자 가다니 싱거운 녀석들이라며 타박했다.

나는 얼굴이 불에 덴 것처럼 화끈거렸다. 채집통에 시선을 떨구고 한동안 서 있었다. 시커먼 사슴벌레 한 마리가 벽을 기어오르려고 발버둥 쳤다. 위로 오르지 못하고 나동그라지기를 되풀이했다. 두세 마리는 서로 뒤엉켜 있고 나머지는 죽은 듯이 엎드려 있었다.

태민이가 곤충 학대라고 했던 말을 부인할 수 없었던 것이 무엇보다 부끄러웠다. 무슨 권리로 사슴벌레를 분양하는 거냐고 따져 묻던 말도 다시 귓속에서 쟁쟁 울렸다. 내가 그동안 모든 면에서 태민이보다 한 수 위라고 생각했던 것이 창피했다.

월요일, 누군가가 칠판에 무시무시한 말을 써놓았다. 생태 파괴자 송찬 '사슴벌레 불법 포획 분양' 또한 게시판에 붙었던 내 사슴벌레 그림이 쫙쫙 찢겨 버려져 있었다. 클레이 사슴벌레도 짓뭉개진 채 발길에 차여 굴러다녔다.

나는 선생님이 보실까 봐 미친 듯이 칠판을 지웠다. 첫 교시 시작하자마자 선생님께 머리 아프다는 핑계를 대고 조퇴를 해버렸다. 실제로 머리가 터져버릴 것 같았다. 교문을 나왔지만, 갈 곳이 없었다. 사람들 시선도 아랑곳하지 않고 면 소재지를 헤매다녔다. 어떻게 해야 좋을지… 걸음을 얼마나 느리게 떼었던지 집에 도착했을 땐 평소에 돌아오던 시간이 되어 있었다.

고민 끝에 내린 답은 하나였다. 나는 곧바로 주유소 마당에 아빠가 없는지부터 확인했다. 가방도 벗지 않은 채 곧장 채집통을 들고 밤나무 밑으로 달려갔다. 땅에 채집통을 엎었다. 뒤엉킨 사슴벌레들이 처음엔 어기적어기적 헤매더니 어느 순간 정신없이 뿔뿔이 달아났다. 다시는 불빛 따위를 찾아오지 말기를 간절히 바랐다.

나는 이렇게라도 하지 않고는 다시 학교에 갈 수 없을 것 같았다. 깊고 무거운 한숨과 함께 후련하면서도 한편 걱정이 가슴을 짓눌렀다. 아빠가 어떻게 나올까….

닭장에서 암탉 우짖는 소리가 산을 울렸다. 알 낳았다는 신호다. 며칠 전부터 암탉들이 달걀을 낳고 있었다. 왕겨를 깔아놓은 자리에서 달걀 몇 개를 찾았다. 빈 채집통에 담아 느릿느릿 집으로 돌아왔다.

"아니 채집통에 웬 달걀이야? 사슴벌레 다 어쨌어?"

뒤늦게 알아챈 아빠가 손님을 빈손으로 보내고, 생난리가 아니었다. 그나마 그것이 있어서 얼마나 다행인데 무슨 짓을 한 거냐며 벼락같이 화를 냈다.

"이 녀석이 공부나 할 것이지, 왜 시키지 않은 짓을 하고 일을 망쳐!"

다시 전부 잡아 오라며 주유소가 울리도록 고래고래 고함을 질러댔다. 나는 바들바들 떨었다. 이유를 말하려고 했지만, 입이 떨어지지 않았다. 말할 틈도 주지 않았다. 아빠가 너무 야속했다. 학교에서 당한 일이 떠올라 서러움이 북받쳤다.

"여보, 그만해. 애가 떨고 있잖아."

"시끄러워! 당신이 지금 내 속이 어떤 줄이나 알아? 다시 서울로 올라가자면 갈 테야? 그렇다고 눌러앉을 확신도 없는 이 심정을 알기나 하냔 말이야! 허흑."

아빠가 악을 쓰다가 그만 울컥 목멘 소리를 했다.

"진정해, 당신 맘을 왜 모르겠어. 한 식군데…. 그렇다고 찬이가 옳지 않은 일을 한 건 아니잖아."

엄마는 미술 수업 일이 늘어나고 있으니 좀 나아질 거라며 아빠를 달랬다. 엄마가 아니었으면 나는 집을 뛰쳐나갈 뻔했다. 고작 뒤꼍으로 뛰었다. 닭들이 놀라 꺽꺽거렸다.

늦은 밤이 되어도 아빠는 집 안으로 들어오지 않았다.

잠자리에서 엄마는 내게서 무슨 말을 들으려 애썼지만 나는 입을 앙다물었다. 밤새 잠을 뒤척였다.

다음 날 아침 주유기 밑에서 또 사슴벌레 한 마리를 발견했다. 나는 아빠가 보기 전에 얼른 집어 멀리 풀 속에 던져 버렸다.

통학버스가 왔지만 타지 않았다. 그냥 걸었다. 학교에 갈 생각이 없었으니 마냥 시골길을 걷고 또 걸을 뿐이었다. 아니나 다를까 얼마지 않아 담임 선생님 전화를 받고 놀란 엄마가 당장에 찾으러 왔다.

나는 이미 눈치채버린 엄마께 마음을 털어놓고 오히려 후련했다. 엄마가 가만히 눈물을 닦아주었다.

"미안하다. 아빠가 그게 옳지 않다는 걸 모른 게 아니야. …다만

겨를이 없었을 뿐이지. 아니, 실은 모른 척 덮어두고 싶었다고 해야 맞겠지."

아빠는 뭔가 숨긴 걸 들켰을 때처럼 몹시 어색한 표정이었다.

"앞으로는 절대로 무슨 일이든 혼자 끙끙대지 마. 우리가 너를 믿고 사랑하는 것처럼 우리도 너한테 사랑받는 부모가 되고 싶단다."

나는 다시 눈시울이 뜨거워졌다. 엄마 품에 얼굴을 묻었다. 엄마는 무턱대고 애를 몰아세워서 더 힘들게 했다며 아빠를 나무랐다.

"크흠, 만든 사슴벌레를 손님이 좋아하더라."

잠깐의 침묵이 흐르고 아빠가 간신히 한마디 했다. 내 귀에는 화해의 말로 들렸다.

며칠 만에 포근한 저녁을 먹고 엄마와 나는 증정용 사슴벌레를 만들기로 했다. 여러 색깔의 클레이 사슴벌레로 채집통을 채웠다.

"이제 손님들께 떳떳할 수 있겠다. 누구보다도 우리 아들한테 말이야."

아빠가 안 보는 척 지켜보고 있었다. 나는 손놀림에 더욱 신경을 썼다.

내가 학교에 나타나자 다들 뜨악한 얼굴로 수근거렸다. 이제 사슴벌레 분양을 안 한다고 말해도 애들은 의심을 풀 생각이 없어 보였다.

"못 믿겠으면 다시 와 보든가."

"…."

서로 눈치만 볼 뿐 다행히 더 이상 토 다는 애는 없었다. 나는 쉬는 시간이면 여전히 묵묵히 클레이 사슴벌레를 만들었다.

"여어, 벌떼 주유소. 솜씨가 더 좋아졌다."

한참 만에 태민이가 은근히 다가와 말을 걸었다. 의심을 푼 표정이었다. 벌떼 주유소라는 말이 이번엔 덕담처럼 들렸다. 나도 모르게 입꼬리가 씩 올라갔다.

점심을 먹고 태민이에게 사슴벌레를 슬그머니 내밀었다. 하얀색과 까무잡잡한 갈색을 섞어 만든 특별한 모양이었다.

"오, 마블링 스태그 비틀이잖아. 느낌 좋은데. 역시 창의적인 솜씨야. 인정!"

태민이가 생각지 않은 반응을 보였다. 엄지척을 세우기까지 했다. '스태그 비틀' 나는 처음 들어 본 단어였다. 역시 태민이 녀석이 한 수 위라는 생각이 들었다.

그 뒤로 아빠는 손님들께 친환경 구운 달걀과 엄마와 내가 만든 다양한 사슴벌레 열쇠고리나 마그네틱을 증정했다. 그것들은 기대 이상으로 인기가 있었다. 그 덕분인지 벌떼 주유소는 못 되지만 주유소가 적어도 파리 날리는 날은 없었다.

오늘도 아빠는 우렁찬 목소리로 손님을 맞았다.

"어서 오십시오. 사슴벌레 주유소를 찾아주셔서 감사합니다."

당선소감

신 명 진

마침내… 만세!

숭어가 뛰니 망둥이도 뛴다는 속담처럼 가당찮이 남모르게 신춘을 넘봐 온 긴긴 시간조차도 부끄럽지 아니한 순간이었다.

"진짜지요?"

되묻고도 믿기 어려운 당선 소식에 이 나이에도 부러 으아앙앙앙, 입 울음소리를 내며 기쁨의 눈물을 찔끔거렸다. 꺄오~ 야단스런 빨강머리 앤이 되어 깡총 춤도 추었다.

이제 앞으로 글을 쓰지 않는다 해도 미련이 없을 만큼 마음 뿌듯하다. 거짓말. ㅋㅋ

"아이고 잘했다이, 근디 그거시 머이 다냐. 돈 벌리는 일이까."

가난했던 노모의 첫 마디에 그만 웃음이 터지고 눈물이 핑 돌았다.

"아이 참, 그런 것이 있어, 엄마. 돈보다 수억 배나 좋은 것이여." 참말? ㅋㅋ

그간 제 코빼기 보기가 왜 그토록 어려운 줄도 모르시고 까막까막 기다리기만 하신 양가 어머님, 이 영광 누리소서.

오랫동안 아무도 눈치채지 못하게 교묘히 변함없이 일관되게 환경 탓을 하며 스스로를 괴롭혀 온 시간을 반성한다. 아이들 삶의 친구가 되는 발랄하고 즐거운 동화로 만회하고 싶다.

오랜 진퇴양난의 시간 속에 묵묵히 지켜봐 준 가족과 배봉기 교수님을 비롯한 줌스터디 문우들께 진심으로 감사 올린다.

모랫속 사금파리 같은 작품을 발견해 주신 심사위원님, 감사합니다. 정진하겠습니다.

동화는 의식을 키워가는 동심 항아리

동화는 동심의 가치를 재발견하는 장이요 숲이다. 정신의 깊이와 내면의 성장을 기하며 언어의 숲에서 긴 울림을 맛보게 하는 동화의 미덕을 기억해야 할 것이다. 편협한 서사 공간을 반복하는 것은 독자인 동심 주체를 조붓한 의식 안에 가둬놓는 일이 될 것이란 점에서 경계해야 할 일이다.

132편의 응모 작품을 가능한 밀도 있게 읽어내면서 수작을 가려내고자 하였다. 아무래도 기성작품과 차별화할 수 있는 신인다운 패기를 보여준 작품에 시선이 더 머무를 수밖에 없었다. 소재 확장, 서사 다변화는 특히 신인에게 걸 수 있는 기대치란 점을 염두에 두면서 한 편 한 편 신중함으로 대면하였다. 그러나 엇비슷한 작품이 많은 탓인지 감별하는 과정은 수월치 않았다. 비슷한 소재라도 문학적 형상화에서 개성있는 재구성이 시도되어야 하고, 접근하는 서사적 스펙트럼이 다층적 모습을 하는 것이 옳을 것이다. 언어 또한 핍진성을 담보하는 끈적한 점착성을 띠어야 전체적인 생동감을 확보할 수 있는 것이다.

그 중 눈여겨본 작품은 색다른 소재에서 동심을 재발견하는 작품, 사회적 문제의식으로 갈등과 고민이 짙게 배인 작품, 오늘을 살아가는 동심주체의 표정을 생동감 있게 다룬 작품들이었다.

'하늘의 별따기'는 동박새와 동심주체의 교감을 순간 포착한 흥미로운 작품이다. 한정된 공간이 약점으로 지적되었다. '가고오지 말라쿵! 가고오지 말라 짝!'은 무등산 승천바위의 용을 만나고 돌려보내는 환상물이다. 주제의식의 무게감에서 밀렸다. '눈물병' '리어커 황' 등도 일정한 장점을 보이고 있으나 완성도 면에서 다소 한계가 있었다. 감정관리의 의미를 일깨운 '감정구독서비스', 색 속에 마음이 들어있다는 발상의 '하얀 색도 색이야'도 숙성시키면 경쟁작이 될 것이다. 당선작 '사슴벌레 주유소'는 생활동화의 요건을 잘 갖추고 있다. 어려워진 환경에서 귀촌한 아이와 시골 아이들과의 갈등, 사슴벌레 분양을 둘러싼 아이와 아빠와의 갈등이 이중구조로 나타나 갈등구조를 심화시킨다. 특히 아주 짧지도, 지나치게 느슨하지도 않은 호흡과 문체로 서사를 전개시킨 안정감을 샀다. 당선자에게 축하를 보내며 역작을 보낸 응모자들께 격려를 보낸다.

심사위원 : 윤삼현(아동문학가 · 문학박사)

2024 문화일보 신춘문예 동화

박서현

1993년 충남 보령 출생
광주대학교 문예창작과 졸업
2024년 《문화일보》 신춘문예 동화 부문 당선
tjgus003@naver.com

노아의 거짓말

박 서 현

해일이 밀려오고 있습니다. 시스템을 멈추시겠습니까?

유리돔에 시끄러운 비상음이 울렸다. 반투명하게 비치는 붉은 경고 메시지를 마주한 노아는 그대로 멈춰 섰다. 이미 바깥은 비가 매섭게 퍼붓고 있었다. 시스템을 멈추면 유리돔은 그저 두꺼운 유리에 지나지 않았다. 무너지진 않더라도 생명체가 살아가기에 가혹한 환경으로 변할 게 뻔했다. 노아는 코코를 찾아 주변을 두리번거렸다.

코코가 영하의 기온을 견뎌 낼 수 있을까?

그 순간 희미한 송출 신호가 다시 잡혔다. 노아는 반사적으로 출입구 개폐 버튼을 눌렀다. 주위는 순식간에 어둠으로 뒤덮였다. 활짝 열려버린 출입문으로 비바람이 쏟아져 들어왔다. 노아는 앞으로 달려 나가 바위기둥을 끌어안았다. 폭우로 쪼개진 크고 작은 돌멩이가 무서운 기세로 노아의 몸을 치면서 날아갔다. 노아는 아무래도 상관없었다. 두꺼운 돔을 벗어나자 드디어 선명한 신호가 노아에게 전해졌다.

—G17 행성—착륙 허가—응답 바란다.

G17 행성은 새로운 항성 글리제에서 열일곱 번째로 작은 별, 델마라를 가리키는 말이었다. 델마라의 유일한 주민 노아는 인간을 위해 만들어진 휴머노이드였다. 우주선을 향해 착륙거부 신호를 보냈다. 안전을 보장할 수 없다는 이유였다. 그러곤 깨닫는다. 해일을 겪어 본 사람이 아니구나. 델마라의 해일은 행성 밖에서도 관측이 가능했다. 오늘 같은 날 착륙을 시도하는 우주선에 가족들이 타고 있을 리가 없었다. 우르릉 쾅. 번쩍하더니 가까운 바위에 천둥이 내리꽂혔다. 그 충격으로 날아온 돌멩이가 노아의 관자놀이를 때리고 떨어졌다. 그때, 우주선에서 새로운 메시지가 내려왔다.

—불시착한 탈출선을 찾고 있다. 불시착한 탈출선이 있다면 응답 바란다.

마지막 메시지를 끝으로 우주선의 신호는 완전히 끊어졌다. 암흑 속에서 폭포 같은 빗소리만 가득 울려 퍼졌다.

*

노아의 가족은 델마라의 첫 이주자였다. 박사님은 해일이 끝난

직후, 티끌 한 점 없는 델마라의 하늘을 보고 이주 계약서에 사인을 했다. 보름 간격으로 해일을 겪는 델마라의 토양은 영양소가 풍부하고 질 좋은 유기물이 충분했다. 하나뿐인 딸과 한적한 일상을 보내기 딱 좋은 별이라고 생각했을 것이다.

노아의 쓰임은 초기 정착으로 바쁜 박사님을 대신해서 소이의 보육과 가사 전반에 맞춰 있었다. 소이가 걸음마를 시작하면서 노아는 이상하게 바빠졌다. 소이는 날마다 메뉴얼에 없는 반응을 추가했다. 덕분에 박사님은 주기적으로 노아를 업데이트했다. 오로지 소이를 위해, 소이를 위한 행동을 할 수 있도록 완벽한 계산으로 업데이트된 노아는 점점 가족들을 닮아갔다. 때에 따라 언니가 되기도 하고 친구나 동생이 되기도 했다. 노아는 가족에게 많은 사랑을 받았다. 사랑받을 수밖에 없도록 가족에게 맞춰진 휴머노이드. 그게 노아였다.

그런 노아의 일상은 여섯 살 소이의 팔뚝에 작은 반점이 생기면서 달라졌다. 고작 작은 반점이었다. 그 작은 반점은 무서운 기세로 소이의 몸을 집어삼켰다. 소이의 피부조직에서 발견된 익숙한 이름의 박테리아는 델마라의 질 좋은 토양에서 오래전부터 서식하던 생명체였다. 박사님은 신속한 이주를 주장했다. 정착 회사는 몇 번의 위약금 협의 후 델마라에 우주선을 보급했다. 하지만 인간형 로봇이었던 노아는 위약금 지급 대상이 아니었기에 터무니없는 이주 비용이 책정됐다. 박사님은 선택해야만 했다.

"노아 평소처럼 지내고 있어. 꼭 데리러 올 테니까."

수면 캡슐에 누워 비행 준비를 마친 박사님은 조용히 노아의 볼을 쓰다듬었다. 노아는 박사님의 선택이 틀렸다고 생각하지 않았다. 이동 시간만 3년이 걸렸다. 로봇은 남는 게 시간이었다.

"얼마든지 기다릴 수 있어요. 조심해서 다녀오세요. 박사님."

우주선은 한 점 빛이 되어 노아의 시야에서 사라졌다. 그날 이후 노아는 하염없이 하늘을 올려보는 날이 많아졌다.

해일이 밀려왔다. 예상대로 유리돔 기온은 무서운 속도로 떨어졌다. 노아는 정원 벤치 밑에서 덜덜 떨고 있는 코코를 찾아냈다. 출입구 근처에 있었는지 털이 쫄딱 젖어 있었다. 코코의 숨에서 새하얀 김을 피어올랐다.

노아는 코코를 끌어안고 2층 소이 방에 있는 나무 장롱 안으로 들어갔다. 지금 코코에게 필요한 건 몸을 감싸주는 푹신한 이불과 냉기를 막아주는 좁고 밀폐된 공간이었다. 거기에 온기를 줄 수 있는 작은 불씨까지 있으면 완벽했다. 노아가 아는 한, 그런 곳이 한 군데 있었다.

오랜만에 들어 온 소이의 비밀장소는 여전히 비좁고 어두웠지만, 아늑했다. 소이는 자신의 작은 장롱에서 과자를 먹거나 동화책을 읽었다. 한 번은 장롱이 어둡다는 핑계를 대며 박사님이 아끼는 낡은 랜턴을 훔쳐 오기도 했다.

노아는 오래전 소이에게 해준 것처럼 랜턴의 유리 덮개를 열어 불을 붙였다. 작은 불씨가 선명하게 일렁이자 좁은 공간에 온기가 돌았다. 노아는 코코의 눅진한 털에 묻은 물기를 조심스럽게 털어 냈다. 문득 걸리는 느낌이 들어 손바닥을 들자 피부조직이 많이 찢어져 있었다.

"끼이잉- "

코코가 코를 살짝 들어 노아의 손을 찾았다. 노아는 코코를 살며시 어루만졌다.

"아프진 않아? 나한테 기대지 말고 이불로 들어가는 게 더 나을 거야."

노아의 입꼬리가 미세하게 떨렸다. 노아는 인간처럼 보이기 위해 인공 피부조직 밑에 혈관처럼 보이는 미세관까지 뚫어 넣었지만, 그 밑은 차갑고 딱딱한 금속이었다. 아까의 충격으로 관자놀이 쪽 금속 신경까지 손상된 모양이었다. 차가운 금속은 코코에게 체온을 나눠줄 수조차 없었다. 그럼에도 코코는 노아 곁에 있었다.

그래서 네 가족이 너를 찾는 걸까?

노아는 코코를 태운 비상 탈출선이 델마라의 하늘을 가르는 모습을 잊을 수가 없었다.

벌써 두 달이 흘렀다. 그날은 해일이 끝난 바로 다음 날이었다. 해일이 지나간 하늘은 구름이 높이 떴다. 박사님이 가장 좋아하는 하늘이었다. 집 앞 벤치는 시야가 환하게 트여 하늘을 구경하기 제격이었다. 종종 박사님과 함께 앉아 구름이 흘러가는 모습을 감상했다. 혼자남은 후에도 노아는 꾸준히 벤치를 찾았다. 텅 비어버린 별에서 어쩌면 들려올지 모르는 소리를 찾아 귀를 기울이고 있었다. 메마른 흙을 밟을 때 나는 버석이는 소리 말고. 마른걸레로 물건을 닦을 때 나는 조용한 마찰음 말고. 노아가 내지 않은 어떤 소리라도 괜찮았다. 그러니 때마침 들려 온 굉음에 노아가 반응한 건 당연한 일이었다.

탈출선은 불길에 휩싸인 작은 유성처럼 땅으로 곤두박질쳤다. 무서운 속도로 떨어지는 불덩이 안에서 희미한 생체신호가 감지됐다. 노아는 무작정 탈출선이 떨어진 방향으로 달려가 불타는 철판을 뜯어내고 가수면 상태로 잠들어 있는 코코를 끄집어냈다. 작은 생명체가 노아의 품에서 옅은 숨을 몰아쉬었다.

코코는 열기에 노출된 탓에 한참 동안 앞을 보거나 냄새를 맡지 못했다. 상처에서 흘러나온 붉은 진물은 털에 뒤엉켜 찐득하게 굳었다. 노아는 매일같이 상처를 소독하고 붕대를 갈았다. 가끔 정신을 차린 코코는 바람 빠진 풍선처럼 식식대는 소리를 냈다. 그러다 어느 밤, 어두운 방 안을 비척거리며 걷고 있는 코코를 봤다. 힘겹게 걸음을 옮기던 코코는 몇 번 앓는 소리를 내다가 자리로 돌아와 노아의 냄새를 한참이나 맡았다.

코코 스스로 탈출선까지 걸어가는데 꼬박 삼 주가 걸렸다. 가족들이 저온 창고에 두고 간 식재료는 코코의 양식이 됐다. 푸석했던 털에도 윤기가 돌았다.

철판 주변을 서성이던 코코는 잠깐 킁킁대더니 멀찍이 떨어졌다. 노아는 주변으로 튕겨 나간 잔해를 수습하다 코코의 귀에서 떨어진 것으로 추정되는 인식 칩을 발견했다. 철판보다 더 검게 그을려 망가졌지만, 음각으로 박힌 코코라는 이름은 알아볼 수 있었다. 노아가 작게 읊조리자 코코는 햇살을 받아 반짝이는 털을 흩날리며 달려왔다. 코코가 닿은 곳은 노아의 앞이었다.

노아는 그 순간 자신을 올려다보는 이 작은 생명체가 자신의 코코가 되리란 걸 알았다.

장롱 속 시간은 느리게 흘렀다. 이따금 땅을 울리는 진동으로 화들짝 놀란 코코를 진정시킬 때 빼고는 움직임도 최소화했다. 코코는 하루가 지나서야 축 늘어져 잠이 들었다. 사방이 적막했다. 노아는 장롱문을 살짝 열어 걸터앉았다. 정면에 있는 커다란 통창은 하얀 성에가 서려 밖이 보이지 않았다. 코코는 만족스러운 꿈을 꾸는지 한 번씩, 푸르르 입을 털며 입맛을 다셨다. 노아는 코코의 꿈을 응원했다. 꿈은 살아있는 생명체의 특권이었다. 로봇은 꿈을 꾸지 않았다. 간혹 눈을 감으면 특정 장면이 불쑥 떠오를 때가 있었지만, 박사님은 그걸 기억의 잔상이라고 이름 붙였다. 소이는 추억이라고 말했다. 노아 또한 그날 이후로 추억이라고 불렀다.

노아는 장롱에서 내려와 무릎을 꿇고 코코를 바라봤다. 순간 코코의 코가 움찔하더니 불빛이 일렁이는 검은 눈으로 노아를 응시했다. 코코는 노아 쪽으로 몇 번 킁킁하고는 안심한 듯 눈을 감았다.

"저번에도 궁금했었는데, 나한테는 어떤 냄새가 나? 나는 슬픈 상황에서 울 수도 있고 화가 나면 얼굴이 빨개지기도 하지만 냄새는 맡을 수가 없거든. 박사님도 냄새까지는 어떻게 못 했을 거야. 소이가 말해줘서 알았어. 엄마에게는 엄마 냄새가 있다며. 그래서 그 품이 못 견디게 그리울 때가 있대. 나는 냄새는 모르지만 그립다는 건 알아. 너도 그러니? 나지도 않는 냄새를 맡으면서 가족을 그리워하고 있는 거야? 나한테 가족을 찾는 거야?"

노아는 이불을 코코의 귀까지 끌어올리고 그 위를 살포시 감싸 안았다. 겹겹이 쌓인 이불 아래에서 코코의 심장 박동이 느껴졌다.

"우리 평생 함께 있자. 코코. 내가 너의 가족이 되어줄게."

*

해일이 끝나고 회백색 하늘을 뚫고 개인 우주선이 나타났다. 우주선은 잔잔해진 바닷가 근처 평평한 바위에 착륙했다. 우주선에서 나온 모녀는 유리돔을 향해 걸었다. 노아는 햇살을 받아 성에가 걷힌 2층 창에서 그들을 지켜보고 있었다. 엄마로 보이는 여자는 아이가 울퉁불퉁한 자갈에 걸려 넘어질까 봐 조심시키고 있었다. 노아는 장롱 안에서 푹신한 쿠션에 쌓여 깊게 잠든 코코의 등을 두어 번 쓰다듬고 1층으로 내려갔다.

"델마라에 오신 것을 환영합니다."

노아는 그들이 정원에 들어오는 타이밍에 맞춰 문을 활짝 열고 매뉴얼 대로 인사했다. 여자는 팔을 펼쳐 아이를 막았고 아이는 제 엄마를 자기 쪽으로 끌어당겼다. 노아는 아이가 들고 있는 종이를 응시했다.

"사람…. 아니지?"

"휴머노이드야, 세상에. 원래 상태였으면 정말 사람인 줄 알았겠다."

여자는 경계를 풀었다. 휴머노이드는 인간을 공격할 수 없었다. 몇 세기 전부터 인간과 로봇 사이에서 지켜지는 불문율이었다. 그 외에도 여러 규칙이 있었는데, 그중 하나가 '거짓말을 하지 않는다'였다.

"아, 다름이 아니라 이것 때문에 왔어요. 여러 번 메시지도 보냈는데 날씨 때문에 답을 못 받아서. 여기로 비상 탈출선이 떨어지지 않았나요?"

노아가 종이를 받았다. 코코를 찾는 전단이 맞았다. 검은 털이 빛나는 코코의 사진 아래 삐뚤빼뚤한 글씨체로 품종과 이름, 나이까지 친절하게 적혀있었다. 천천히 종이를 읽어보던 노아는 고개를 저었다.

"전 오랜 시간 혼자였어요."

노아는 진실을 말했다. 기대를 품었던 아이의 눈가에는 눈물이 맺혔다.

"어쩌다 잃어버렸나요?"

조금 망설이던 여자는 아이의 머리를 쓰다듬었다.

"수면 상태에 있던 다영이 체온에 문제가 있었어요. 가벼운 오류였죠. 아무래도 오래된 우주선은 그런 일이 종종 있잖아요. 그걸 해결하던 차에 혼자 있던 다영이가 코코를 깨우려다 버튼을 잘못

누르는 바람에….”

여자의 목소리가 점점 작아졌다. 아이를 슬쩍 곁눈질한 여자는 노아의 귀에 대고 속삭이듯 말했다.

“저는 거의 포기했는데 아이가 힘들어하네요.”

노아는 눈을 한번 깜빡이고 의연하게 고개를 끄덕였다. 이들은 늦어도 다음 행성, 어쩌면 오늘을 끝으로 코코를 찾는 일을 포기할지도 몰랐다.

“이것도 인연인데 우리 대화 좀 나눌래요? 저는 행성 여행가예요. 아이랑 여기저기 다니면서 행성 책자를 만들고 있어요. 이곳도 좌표에 넣었으면 싶은데, 여기에 대해 설명 좀 해줄래요?”

여자는 온기 하나 찾아볼 수 없는 텅 빈 별을 둘러보며 빙긋 웃었다. 노아는 휴머노이드 시스템에 어긋나지 않을 만큼 정중하게 그들을 안으로 이끌었다. 집을 둘러보던 여자는 벽에 걸린 박사님의 독사진을 보고 멈칫했다.

“여기가 거기 맞구나. 이주 실패 행성. 그나마 휴머노이드라도 남아서 이정도 유지가 됐나 보네.”

이주 실패 행성은 흔히 통용된 델마라의 다른 이름이었다. 여자는 별을 둘러보던 표정으로 집안도 신속하게 살폈다. 소파, 티비, 식탁, 의자. 싱크대 위에 놓인 그릇. 바닥에 깔린 주황색 카페트. 모든 물건은 가족들이 떠나기 전 모습을 그대로 유지하고 있었다. 노아가 하루도 빠짐없이 쓸고 닦은 덕이었다. 여자는 노아의 노고를 알고 있다는 듯 대견하다는 표정으로 고개를 끄덕였다.

"이분 돌아가실 때 같은 행성에 있었거든요. 로봇의 어머니가 우주로 돌아갔다고 한창 시끄러웠어요."

"네?"

노아는 그게 무슨 말이냐는 표정으로 여자를 봤다. 순간 노아의 입술이 파르르 떨렸다. 눈에도 자극이 느껴졌다. 여자는 당황하며 노아에게 다가섰으나 노아의 얼굴 근육 전체가 거세게 요동치자 그대로 굳어버렸다. 노아는 자신의 얼굴을 감싸 쥐고 고개를 숙였다.

"이마 센서가 망가져서 얼굴 근육이 가끔 이래요. 시간이 지나면 괜찮아져요. 불쾌하셨다면 죄송합니다."

여자는 더욱 당황하며 손을 내저었다. 그때 의자에 앉아 있던 아이가 작은 소리로 흐느꼈다. 여자는 곧장 아이에게 다가가 한참 동안 토닥여 주었다. 어떤 대화도 오가지 않았지만, 여자의 표정에서 아이를 걱정하는 마음이 전해졌다. 그 모습을 손가락 사이로 멍하니 쳐다보고 있던 노아는 여자와 눈이 마주쳤다.

여자는 조금 진정된 딸을 꼭 껴안고 자리에서 일어나 노아에게 다가왔다.

"아이들은 이별에 약하잖아요. 잠깐 혼자 있을 시간 좀 주게요."

노아는 2층으로 향하는 계단을 슬쩍 올려보고 밖으로 나갔다. 주변을 둘러보던 여자는 앞장서서 벤치에 앉았다. 하늘을 올려보는 여자의 입에서 하얀 입김이 새어 나왔다.

여자는 천천히 입을 열었다.

"코코는 아마 죽었겠죠? 생명 신호가 안 잡히는 걸 보면 큰 사고에 휘말렸을 거야. 차라리 다행이에요. 아무도 없는 곳에서 혼자 살아남아 봐요. 얼마나 무서웠겠어."

대답을 바라는 질문이 아니었다. 조용히 혼자 읊조리던 여자는 코끝을 찡그리며 쓴웃음을 지었다. 노아는 적당한 위로의 말이 떠오르지 않아 입술을 꾹 다물었다.

"언제부터 혼자 지냈어요?"

이번 질문에는 얼마든지 답할 수 있었다.

"이십 팔 년이요."

"대단하네. 노력했나 보다. 아무리 휴머노이드라도 관리 안 받고 이십 팔 년 버티기는 힘들었을 텐데."

여자는 조금도 놀라지 않았다. 노아의 행색으로 어렴풋이 짐작했을 것이다. 이십 팔 년 동안 관리받지 않은 인간형 로봇은 인공 피부가 온전하기 힘들었다. 색은 탁해지고 여기저기 찢기고 기운 흔적이 보였다. 푸석한 머리카락과 닳아서 해진 옷을 보면 모르고 싶어도 모를 수가 없었다.

노아는 이제 자신이 질문할 차례라고 느꼈다. 적당한 질문을 생각하던 노아는 한참 만에 입을 열었다.

"박사님이 언제 돌아가셨는지 정확한 시기를 알 수 있을까요?"

잠깐 멈칫한 여자는 수신기를 들었다.

"검색해볼게요. 꽤 오래전이라서. 우주를 돌아다니다 보면 시간이 의미가 없잖아요. 잤다 깼다를 반복하느라. 아, 찾았다. 이십 사년 전이네."

이동 시간을 제외하면 겨우 일 년이었다. 새로운 별에 정착하기도 소이를 치료하기도 빠듯한 시간이었다.

정착하고 무슨 일이 있었던 걸까. 박사님도 아팠던 걸까. 다른 문제라도 있었던 걸까. 그렇다면 소이는? 소이는 어떻게 됐을까…….

노아는 갑자기 모든 것이 아득하게 느껴졌다. 언젠가 만날 수 있다는 기대를 품었을 때가 차라리 나았다. 노아는 지금껏 과거에 살고 있었다. 행복한 기억은 모두 과거에 있었다. 그래서 노아의 메모리 속 소이는 언제나 여섯 살이었다. 아무리 시간이 흘러도 성장하지 않았다. 그게 행복인 줄 알았다.

"최신 기사도 있어요."

여자가 송신기를 노아 쪽으로 건넸다. 조금은 피로해 보이는 여성이 정면을 바라보며 웃고 있는 사진이었다. 메모리 전부를 뒤져봐도 모르는 얼굴이었다. 그런데도 사진 속 여성에게 시선을 뗄 수가 없었다. 여성의 뒤편에는 십 대로 보이는 여자아이가 함께 있었는데, 익숙한 얼굴이었다. 노아는 송신기 유리판에 반사된 자신의 얼굴을 확인했다. 사진 밑에 아주 작은 글씨로 추억이라고 적혀있었다. 노아는 다시 여성의 얼굴을 확인했다. 노아는 여성의 미소를 메모리 깊이 새겼다.

"딸이 엄마를 따라 로봇공학자가 됐대요. 관련 기사도 찾아줄까요?"

노아는 고개를 저었다. 의아해하는 여자를 향해 노아는 작고 느린 미소를 지어 보였다.

"충분합니다. 그거면 충분한 것 같아요. 이제."

짧게 고개를 숙인 노아의 시선은 다시 하늘로 향했다. 둘은 벤치에 나란히 앉아 말없이 같은 곳을 보았다. 잠시 후 아이가 문을 열고 나왔다. 손에는 코코를 찾는 전단이 들려있었다. 노아는 아이에게 다가섰다.

"많이 소중했나요?"

"가족이니까요."

아이는 망설임이 없었다. 이제 헤어질 시간이다. 노아는 떠나려는 여자와 아이를 붙잡았다. 아주 잠깐이면 된다는 말을 남기고 천천히 집 안으로 들어가 계단을 올랐다. 방문을 열자 깨어있는 코코가 고개를 돌려 노아를 쳐다봤다. 창가에 두 발을 대고 낮게 내려간 꼬리를 살랑대는 코코는 혓바닥을 길게 늘이고 헥헥- 숨을 고를 뿐 한 번도 짖지 않았다.

"코코, 이리 와."

코코는 책상에서 훌쩍 뛰어내려 노아의 다리 주변을 빙글 돌았다. 노아는 자신의 작지 않은 털 뭉치를 품에 꼭 안았다.

"가족한테 돌아갈 시간이야. 코코."

얼마든지 기다릴 수 있다고 생각했다. 이렇게 길어질 줄 몰랐지만, 알았다고 해서 달라지진 않았다. 하지만 이제 그것도 끝이 보였다.

계단 끝에서 코코가 고개를 들어 냄새를 맡았다. 익숙한 냄새를 찾은 모양이다. 노아가 내려놓자마자 달려 나간 코코는 그대로 아이의 품을 파고들었다. 아이는 놀란 표정으로 코코의 얼굴을 확인했다.

뒤이어 노아가 다가서자 아이는 쏜살같이 코코를 끌어안았다. 여자는 믿을 수 없다는 눈으로 노아를 쳐다봤다. 로봇이 거짓말을 하는 상황은 상상해본 적도 없다는 표정이었다. 노아는 아이 앞에 쪼그려 앉았다.

"부탁이 있어요."

아이가 자신의 엄마를 올려다봤다. 노아는 그들이 눈을 맞추는 순간을 틈타 입을 열었다.

"내 전원을 꺼주세요. 이제는 무서워요."

노아가 여자를 올려보며 싱긋 웃었다. 그러곤 아이의 품에 안겨 신나게 꼬리를 흔드는 코코의 콧잔등을 쓸어주었다. 아이는 노아를 빤히 바라보다 느리게 고개를 끄덕였다.

"고마워."

노아는 살짝 웃고 자신의 손목을 내밀었다. 휴머노이드의 전원은 사람의 지문에만 반응했다. 아이는 노아의 전원을 찾아 손을 올렸다. 노아는 아무도 남지 않은 행성을 돌아보지 않았다. 남은 건 없었다. 노아는 몇 번째 추억인지 모를 지난날을 떠올리며 조용히 눈을 감았다.

당선소감

박 서 현

따뜻한 위로가 되는 동화, 더 잘 쓰고 싶어요

유난히 따듯한 12월, 거짓말처럼 당선 전화를 받았습니다. 수화기 너머 넘치는 축하를 받으며 이게 무슨 일인가 싶었습니다. 저에게 신춘문예는 도전이었습니다. 연례행사처럼 가지고 있는 모든 작품을 여러 신문사에 보내고 나면 끝나는 도전. 결과는 없지만, 도전 자체로 의미 있다고 자신을 속이며 누가 시키지도 않은 사명감과 의무감에 원고를 보냈습니다.

쓰는 게 즐거웠던 시기는 너무 빨리 사라집니다. 언제부턴가 글쓰기는 저에게 무서운 일이 되었습니다. 내가 가진 전부를 주어도 소용없는 일이 될까 봐, 내가 가진 전부를 걸어보지도 않고 그냥 포기했습니다. 그때는 떠나보내는 게 이렇게 힘든 일인 줄 몰랐습니다.

자꾸 미련이 남았습니다. 미완성 원고들을 하나도 지우지 못한 채 몇 년을 보냈습니다. 그러다 작년 이맘때쯤 다시 쓰기 시작했습니다. 때마침 곁에 있어 준 다정한 사람들 덕분에 돌아올 수 있었습니다. 큰 목표나 기대 없이 그냥 쓰고 싶은 글을 쓰면서 많이 웃었습니다. 새삼 깨닫습니다. 글을 쓰며 살았던 모든 시간을 통틀어

올해 가장 행복하게 글을 썼습니다. 어쩌면 그 몇 년이 저에게 쉼표가 되어준 것 같습니다. 좋아하는 작가의 책을 읽고 잔잔한 다큐멘터리에 감동하며, 긴 시간 다른 방법으로 글을 쓰고 있었나 봅니다.

연례행사의 계절에 제 손에 있는 동화는 단 한 편이었습니다. 분량도 생각하지 않고 무작정 썼던 이야기를 다시 도전하기 위해 여러 번 고치면서 즐거웠습니다. 내가 아는 단어, 문장, 표현, 감정을 모두 사용해서 글을 쓰고 있습니다. 앞으로도 지금처럼 글을 쓰는 사람으로 살고 싶습니다.

특별한 선물을 주신 문화일보와 최나미 작가님, 김지은 선생님께 깊은 감사의 인사를 드립니다. 박수 소리가 잊히지 않습니다. 보내주신 관심에 부끄럽지 않도록 꾸준히 쓰겠습니다. 광주대학교 문예창작과 교수님들, 배봉기 교수님, 안점옥 선생님 감사합니다. 애정하는 인순 선생님, 제경 선생님 감사합니다. 친구들 고맙습니다. 축하를 보내준 모든 이들과 함께 기쁨을 나누고 싶습니다. 마지막으로 언제나 나를 살게 하는 아버지, 어머니, 오빠, 언니, 우리의 보물 건우와 시우 사랑합니다.

2024 부산일보 신춘문예 동화

이 수 빈

2001년 부산 출생
중앙대학교 문예창작 전공 재학 중
2024년 《부산일보》 신춘문예 동화 부문 당선
alice11166@naver.com

매력 훔치기

이 수 빈

난 망했다. 하필이면 강하윤에게 들키다니. 이제 내 학교생활은 끝이다.

나는 눈을 감았다. 다시 눈을 뜨면 꿈이길 바라며 질끈 감았다가 천천히 떴지만, 여전히 강하윤은 내 앞에 서 있었다. 내가 운동장 나무 아래에다가 그것들을 파묻는 장면을 다 본 게 분명했다. 가만히 팔짱을 끼고 나를 내려다보던 강하윤의 등 뒤로 해가 높게 떠 있어서 그림자가 내 온몸을 짓누르는 것 같았다. 내가 아무 말도 하지 않자 그림자가 갑자기 사라졌다. 고개를 드니 강하윤이 쭈그려 앉아 다시 흙을 파내고 있었다.

"역시 지유 네가 훔쳤구나?"

진짜로 망했다. 강하윤은 이미 짐작하고 있던 게 분명했다. 내가 강하윤의 물건을 훔친 도둑이라는 사실을!

솔직히 말하자면, 내가 훔친 건 강하윤의 물건이 아니다. 강하윤의 매력이다. 강하윤의 매력을 내 걸로 만들기 위해 물건을 훔쳤다는 게 웃기게 들릴 수 있다는 것도 안다. 하지만 사실이다. 이 모든 건 5월, 친해진 애들끼리 이미 다 친해진 뒤에 강하윤이 전학 오면서 시작됐다.

원래 4월쯤 되면 같이 다니는 무리가 확실하게 나뉜다. 그때까지도 무리를 못 찾거나 같이 다니던 애들과 싸우면 바로 혼자가 되는 게 새 학기의 규칙 같은 거다. 내가 그랬다. 나는 싸우거나 무리를 못 찾은 건 아니고, 무리인 줄 알았던 조하은을 단단히 믿어버린 게 잘못이라면 잘못이었다. 조하은은 첫날부터 내 앞자리에 앉아서는 자긴 아는 애가 없어서 걱정된다고 울상을 지었다. 아는 사람이 없기는 나도 마찬가지라고 했더니, 그럼 우리 둘이 다니면 되겠다며 냉큼 하이파이브를 제안했다. 3월 한 달 내내 같이 다닌 조하은은, 4월에 조별 과제를 같이 하며 친해진 애들과 더 자주 노는 것 같더니 이제는 나를 쳐다보지도 않는다. 지금은 여름이 다 됐는데 조하은과 나 사이에는 찬 바람이 쌩쌩 불 정도다.

그런 나에게 5월이란 애매한 달에 전학 온 강하윤은 찬스였다. 새로운 친구를 사귈 찬스, 혼자 다니는 애에서 벗어날 찬스 말이다. 하지만 내가 말을 걸 틈도 없이 강하윤은 전학 첫날부터 무려 세 무리에게 합류 제안을 받았다. 하긴, 강하윤은 누구든 같이 다니고 싶어 할 만큼 잘났다. 얼굴도 예쁘고, 좋은 향기가 나고, 목소리도 좋고, 립밤을 발라 입술이 반짝거리고, 필통을 구경하겠다는 애들에게 마음껏 구경하고 마음에 드는 건 가지라고 할 만큼 마음도 넓고, 쪽지 시험에서 항상 일 등을 할 만큼 공부도 잘하고, 애들이 다

깔깔 웃을 정도로 웃긴 농담을 던지기도 했다. 보고 있으면 웃음이 나고 친해지고 싶은 애, 그게 강하윤이었다.

그런데 강하윤은 6월이 될 때까지 어느 무리에도 들어가지 않았다. 무리 지어 다니는 애들, 그러니까 항상 밥을 같이 먹고 핸드크림을 나눠 바르고 화장실에 같이 가는 애들을 정하지 않았다. 그래서 강하윤은 두루두루 친하게 지냈지만, 특별히 친한 애가 없어서 붕 떠 있는 애였다. 그게 나에게 용기를 줬다.

"오늘 학교 마치고 뭐해?"

강하윤은 나를 한 번 보고 고개를 빼어 주변을 둘러봤다. 무리 애들을 찾는 건가 싶어서 얼굴에 열이 훅 올랐다. 혼자라는 건 친구가 없다는 거고, 6월에 친구가 없다는 건 친구 관계에 심각한 문제가 생길 만큼 내가 별로인 애라는 뜻이다. 나는 괜히 무리가 있는 척 다른 애랑 가려고 했는데 시간이 안 된다더라는 거짓말을 했다. 강하윤은 고개를 끄덕였다.

"나, 가고 싶었던 소품 가게가 있는데 같이 갈래?"

친구랑 같이 논 게 너무 오래전이라 대체 어디를 가야 하나 고민했는데, 강하윤이 먼저 갈 곳을 제안해줬다. 눈물이 핑 돌 만큼 좋았다. 강하윤의 뒤를 따라 도착한 소품 가게는 머리핀과 머리띠 같은 걸 주로 파는 곳이었다. 리본이 달린 분홍색 머리핀이 귀여워서 가격을 봤는데, 무려 만 오천 원이었다. 내 용돈으로는 턱도 없어서 후다닥 내려놓았지만, 자꾸만 눈길이 가고 아쉬운 건 어쩔 수 없었다. 강하윤은 가게를 한 바퀴 돌더니 나에게 가자고 손짓했다.

"사고 싶은 거 있어서 온 거 아니야?"

"그냥 구경하러 온 거야."

강하윤은 머리를 귀 뒤로 넘기면서 슬쩍 계산대 쪽을 봤다. 계산대에 앉은 언니가 지루한 표정으로 휴대폰을 보고 있었다. 강하윤은 나에게 귓속말했다.

"엄청 예쁘지도 않은데 너무 비싸지 않아? 완전 별로야."

나도 비싸다는 데는 동의했다. 내 눈치를 보는 것 같은 강하윤의 표정에, 나도 모르게 고개를 끄덕였다.

"그래도 이건 예쁘지? 자, 너 아까부터 이거 봤잖아."

강하윤이 주머니에서 머리핀을 꺼내 내게 내밀었다. 리본이 달린 분홍색 머리핀이었다. 만 오천 원짜리 비싼 머리핀, 강하윤은 계산대 근처도 안 갔는데 언제 이걸 산 걸까? 경찰인 우리 엄마가 늘 하는 말이 있다. 내 것이 아닌 건 눈독 들이지도 마라! 이 머리핀은 내 것이 될 수 있을까? 내가 계속 머뭇거리자 강하윤이 기분 상한 듯 핀을 휙 가져가 자기 머리에 꽂았다.

"싫으면 내가 가지지 뭐."

그때 강하윤의 머리가 반짝반짝 빛나는 것 같더니, 아까보다 두 배는 더 찰랑거렸다. 내 착각일 수도 있지만, 구불구불한 검은 머리가 갑자기 아이돌처럼 예쁘게 흩날렸다. 바람도 안 부는데 바람이 부는 것처럼 머리카락이 움직이니까 영화 속 한 장면 같았다. 머리핀이 강하윤과 정말 잘 어울린다는 생각이 들었다. 혹시 나도 저 머리핀을 하면 저렇게 머리가 흩날릴까? 그런 생각이 든 순간, 엄마의 말이 다시 떠올랐다. 내 것이 아닌 건 눈독 들이지도 마라!

그날 이후로도 강하윤은 종종 나에게 선물을 줬다. 선물이면 기분 좋게 받을 수도 있지만, 왠지 자꾸만 그날이 생각나서 대부분 거절하게 됐다. 마음은 정말 고맙지만, 안 줘도 괜찮다고 말하면, 강하윤은 화가 난 듯 거칠게 머리를 귀 뒤로 넘기면서 나를 째려보곤 했다. 그런 와중에도 강하윤 머리의 리본 달린 머리핀은 떨어지지 않고 예쁘게 꽂혀 있었다.

강하윤의 비밀을 알게 된 건 지난주였다. 6월이 끝나 가자, 이른 여름 장마가 시작되려는지 계속 비가 와서 우리는 체육 수업을 교실에서 하게 됐다. 책을 읽거나 학원 숙제를 해도 된다는 선생님의 말씀에 우리는 조용히 떠들었다. 나는 수학 학원 숙제를 꺼내다 말고 그냥 창밖을 내다봤다. 빗속에서 운동장의 느티나무가 흔들리고 있었다. 나뭇가지가 부러지고 나뭇잎이 다 떨어질 만큼 바람이 세게 부는데도 줄기부터 뿌리 부분은 가만히 서 있어서 나무 위아래로 다른 세계가 펼쳐진 것 같았다. 멍하니 나무를 보는 사이 강하윤이 어떤 웃긴 이야기를 한 건지 애들이 웃기 시작했다. 나는 2분단 쪽으로 고개를 돌리다가 보고야 말았다. 강하윤이 짝 조하은의 지우개를 슬쩍 집어 주머니에 넣는 장면을!

내가 조하은에게 선물한 지우개라서 단번에 알 수 있었다. 그 지우개는 사촌 언니가 일본에 놀러 갔다가 사 온, 내가 좋아하는 캐릭터 얼굴 모양 지우개였다. 내가 칼로 두꺼운 가로 부분을 딱 반으로 잘라서 조하은에게 우정의 증표로 줬던 지우개가 분명했다. 내가 가진 나머지 반쪽에 대보면 거의 딱 맞을 게 분명한 그 지우개를 강하윤이 주머니에 넣어버렸다. 엄마의 목소리가 귀에 맴돌았다. 경찰차 사이렌 소리가 '삐용삐용' 울리는 것 같았다.

쉬는 시간에 조하은에게 가서 말해야 하나 고민했지만, 말할 수 없었다. 멀어진 애에게 굳이 찾아가서 우정의 증표로 준 지우개를 어디 뒀냐고 묻는 것만큼 구질구질한 일은 없으니까 말이다. 그러다가 사물함에 교과서를 가지러 갔다가 강하윤이 지우개를 떨어트리는 걸 봤다. 주머니에 있던 립밤을 꺼내다가 실수로 떨어트린 것 같았다. 나 말고는 아무도 못 본 것 같아서, 나는 후다닥 지우개를 주웠다. 강하윤에게 돌려줘야 할지 조하은에게 돌려줘야 할지 고민이 됐다.

이도 저도 못 하는 사이 쉬는 시간이 끝나고 수학 시간이 됐다. 갑자기 쪽지 시험을 본다는 말에 애들이 다 웅성거렸다. 나에겐 수학 쪽지 시험이 중요한 게 아니었다. 지우개를 어떻게 해야 하는지가 더 어려운 문제였다. 대충 답을 적고 이름을 적는데, 김지유라고 적어야 하는 걸 나도 모르게 김지윤이라고 적었다. 계속 강하윤 생각을 해서인 것 같았다. 필통을 뒤적거리며 지우개를 찾는데, 지우개가 없었다. 하필이면 집에다 놓고 온 것 같았다. 나는 잠깐 고민하다가 주머니에서 조하은의 지우개를 꺼냈다. 잘못 쓴 'ㄴ'을 살짝 지우는데, 종이가 반짝이는가 싶더니 문제가 머리에 쏙쏙 들어오기 시작했다. 공부한 적도 없는데 수업 시간에 대충 들은 내용이

다 떠오르는 거였다. 나는 바로 연필을 들고 슥슥 답을 썼다.

백 점. 3학년이 되고 처음 받아보는 점수였다. 나 말고는 백 점이 한 명도 없었다. 강하윤은 얼굴이 빨개진 채로 시험지를 꼭 쥐고 있었다. 얼핏 보이는 숫자는 60이었다. 아무리 어려웠어도, 늘 많아야 두 문제 정도 틀리던 강하윤이 갑자기 60점을 받다니? 뭔가 이상했다. 그러니까, 강하윤의 공부 잘하는 능력이 나에게 넘어온 것처럼. 집에 가니 엄마는 엄청나게 기뻐했지만, 나는 어딘가 찜찜한 느낌을 지울 수 없었다.

다음 날, 나는 한 번 더 시험해보기로 했다. 만약 내가 강하윤이 갖고 있던 지우개를 써서 백 점을 받은 거라면, 강하윤의 다른 물건을 가지면 또 다른 일이 생길지도 몰랐다. 나는 온종일 강하윤 쪽에 신경을 곤두세웠다. 기회는 2교시 체육 시간에 왔다. 강당에서 수업한다는 말에 강하윤이 머리를 묶다가 머리핀이 신경 쓰였는지 책상에 놔두고 화장실에 갔다. 나는 강하윤 책상 옆으로 가서 떨어진 연필을 줍는 척 머리핀을 집었다. 슬쩍 주변을 둘러봤지만, 내가 뭐 하는지 지켜본 사람은 없는 것 같았다. 나는 머리핀을 주머니에 넣고 화장실로 향했다. 머리에 달면 누구든지 이게 강하윤의 머리핀이라는 걸 알 텐데, 제발 주머니에 든 걸로도 효과가 있기를 바랐다.

"지유 너 머리했어?"

화장실에서 나오다가 마주친 애들이 말을 걸었다. 같은 반이지만 대화는 많이 안 해본 애들이었다. 머리핀의 효과인 걸까? 그 애들은 한참 내 머리를 만져 보더니, 양쪽에서 팔짱을 꼈다. 강당까지 같이 가자는 뜻이었다. 심장이 콩콩 뛰었다. 강당까지 가는 길이 짧게만 느껴졌다.

강당에 있던 강하윤의 묶은 머리가 오늘따라 덜 예뻐 보였다. 좀 엉킨 것 같기도 하고, 전처럼 예쁘게 흩날리지도 않았다. 무슨 일이 일어나고 있는지 모르지만, 하나는 확실히 알 것 같았다. 어쩌면 정말로 나에게 찬스가 온 게 분명했다. 모두에게 인기 있는 애가 될 찬스가!

지난 주말엔 결혼식에 갔다. 강하윤의 머리핀을 머리에 딱 꽂으니 어디선가 바람이 부는 것처럼 찰랑찰랑 머리카락이 흩날렸다. 분홍색 치마랑 잘 어울리는 핀을 꽂아서인지 내가 보기에도 내가 정말 예뻤다. 나는 강하윤처럼 귀 뒤로 머리를 슬쩍 꽂아 넘겼다. 강하윤처럼 눈이 다 접히게 웃어도 봤다. 다음번에는 강하윤의 핸드크림이나 립밤을 가져와야지, 생각한 순간 외출 준비를 마친 엄마가 방문을 열고 나를 슥 보더니 말했다.

"처음 보는 머리핀이네? 샀어?"

나는 심장이 쿵 떨어지는 것 같았다. 도둑질했다는 걸 들키는 순간 엄마는 엄마가 아니라 경찰이 될 거다. 나는 대충 고개를 끄덕이는 척 옷매무새를 다듬었다. 엄마는 잠시 나를 보다가 밖으로 나갔다. 결혼식에선 모두 나를 보고 예뻐졌다고 말했다. 나는 강하윤이 된 것처럼 장난스럽게 받아쳤다. 삼촌이야말로 오늘 옷 멋있네,

언니야말로 오늘 엄청 예뻐, 이렇게 말이다. 원래 나였으면 하지 못했을 말이지만, 강하윤의 매력을 훔쳐 온 것 같던 그 날엔 할 수 있었다.

그리고 어제, 월요일에 학교에 오자마자 아직 등교하지 않은 강하윤의 책상 주변을 기웃거렸다. 애들이 뭐하냐고 물어보면 떨어트린 걸 찾는다고 둘러댔지만, 내가 찾는 건 강하윤의 물건들이었다. 머리핀이나 지우개 같은, 강하윤의 손길이 닿고 강하윤의 매력이 담긴 물건들을 주워야 했다. 그렇게 나는 강하윤의 립밤과 핸드크림, 수첩을 주웠다. 집에 갈 때까지 기다릴 수 없어서 화장실에 가 몰래 립밤을 열어봤다. 연한 분홍색이 도는 립밤은 촉촉하고 반짝거렸다. 나는 넷째 손가락에 살짝 립밤을 발라 입술에 문질렀다. 미끌미끌한 립밤이 입술에 닿는 느낌이 간질거렸다.

아니나 다를까, 이번에도 애들은 내게 몰려들어 말을 걸었다. 핸드크림을 바른 뒤에도 마찬가지였다. 나는 이제 얼굴도 예쁘고, 좋은 향기가 나고, 목소리도 좋고, 립밤을 발라 입술이 반짝거리고, 쪽지 시험에서 일 등을 할 만큼 공부도 잘하는 애가 되어 있었다. 보고 있으면 웃음이 나고 친해지고 싶은 애, 그게 나였다. 이제 수첩을 펼쳐 보면 어떤 매력이 나에게로 넘어올까? 꼼꼼한 필기 실력? 동글동글 예쁜 글씨체? 재미있게 농담하는 능력? 나는 한시라도 빨리 집으로 가 수첩을 열어보고 싶었다.

집까지 가는 길이 정말 길게 느껴졌다. 나는 가방을 벗어 던지고 바로 수첩을 열어봤다. 수첩에는 아주 아주 충격적인 내용이 적혀 있었다!

-삼거리 화장품 가게 : 연분홍 립밤

-골목 향수 가게 : 샘플 핸드크림

-리본 핀 소품 가게 : 분홍색 리본 머리핀

-김지유 지우개

-조하은 지우개(어디 갔지?)

아무리 봐도 이건 강하윤의 물건 목록이었다. 그러니까, 강하윤이 훔친 물건! 내 지우개가 어디 갔나 했더니, 강하윤이 훔쳤던 모양이었다. 그래서 내가 강하윤이 떨어트린 조하은의 지우개를 줍고, 그래서… 이 비밀을 알게 된 거였다! 엄마의 목소리가 귓가에 시끄럽게 울리는 것 같았다. 내 것이 아닌 건 눈독 들이지도 마라! 하지만 이미 가져와 버린 건 어떡하지? 나는 고민하며 슥슥 페이지를 넘겼다. 그런데 뒤쪽엔 다른 내용이 적혀 있었다.

-조하은 : 생일 3월 15일, 초록색 좋아함, 김지유랑 화해하고 싶어 함, 욕을 좀 많이 함, 화장실에 같이 가주는 걸 좋아함.

-김지유 : 분홍색 리본 머리핀 좋아하는 것 같은데 안 받았음. 다른 걸 줘봐야지!

거기엔 우리 반 애들의 이름과 좋아하는 것, 생일, 취미 같은 게 쭉 적혀 있었다. 강하윤은 그냥 모두가 좋아해서 두루두루 친하게 지내는 게 아니었다. 모두와 친하게 지내기 위해 공부하고 있었던 거다. 동글동글한 글자는 꾹꾹 눌러 써서인지 뒷장까지 자국이 남아 있었다. 우둘투둘하게 남은 자국들을 만지는데, 손가락에 분홍색 물이 든 게 보였다. 립밤의 색이 물든 것 같았다. 내 얼굴도 손가락만큼이나 붉게 물들 것 같았다. 다른 건 몰라도 수첩은 꼭 돌려줘야 했다.

그래서 나는 오늘 학교에 오자마자 강하윤의 서랍에 수첩을 넣어뒀다. 다른 것도 모두 넣어두고 싶었지만, 망설여졌다. 강하윤이 훔친 걸 강하윤에게 돌려주면, 물건들의 원래 주인은 어떡하지? 그렇다고 내가 모든 주인에게 물건을 돌려줄 수도 없는 노릇이었다. 머리가 터질 것 같았다. 남의 것에 눈독 들인 대가를 이렇게 치르다니. 엄마 말 좀 잘 들을 걸 그랬다.

고민 끝에 나는 내 비밀과 강하윤의 비밀을 몽땅 땅에다 묻어버리기로 했다. 운동장 느티나무 아래, 비바람이 몰아쳐도 흔들리거나 비밀을 드러낼 일 없을 것 같은 단단한 흙 아래에다 말이다. 그렇게 점심시간에 밥도 안 먹고 흙을 파내고 지우개와 립밤과 핸드크림과 머리핀을 묻었는데, 몽땅 강하윤에게 들켜버렸다. 대체 언제부터 알아챈 건지, 언제부터 서서 지켜본 건지도 모르겠다. 강하윤이 흙을 파헤치고 리본 머리핀을 꺼냈다.

"이건 네가 좋아하는 것 같아서 선물하고 싶었어."

나는 부끄러워서 고개를 들 수 없었지만, 할 말은 해야 했기에 입을 열었다.

"계산한 게 아니면 선물이라고 할 수 없어. 내 것이 아닌 건 눈독 들이지도 말랬다고."

강하윤이 나를 째려보며 신경질적으로 머리를 휙 귀 뒤로 넘겼다.

"그런 너도 내 거 가져갔잖아."

입이 열 개라도 할 말이 없었다. 내가 가만히 있자 강하윤이 말했다.

"근데 수첩은 왜 돌려준 거야? 그거야말로 증거잖아."

나는 강하윤을 올려다봤다. 강하윤과 눈이 마주쳤다. 강하윤은 얼굴이 새빨갰고, 계속 손으로 머리를 만지고 있었다. 귀 뒤로 넘겼다가, 앞으로 가져왔다가, 배배 꼬았다가 잡아당겼다. 나는 나무를 쳐다보며 말했다.

"네가 노력한 게 거기 있잖아. 훔친 거 적어둔 거 말고, 그 뒤에."

강하윤은 한참 동안 아무 말도 하지 않고 그대로 쭈그린 채로 있었다.

"전학 다니는 건 지겨워."

강하윤이 말했다. 나는 대답하지 않았다. 바람이 불었고 나뭇가지가 흔들렸지만, 우리가 쭈그려 앉은 나무 아래쪽은 다른 세계처럼 고요했다. 우리는 다시 흙을 파냈다. 나는 강하윤에게 말했다.

"내 생일은 11월 16일이야."

우리는 누가 먼저랄 것도 없이 몸을 일으켜 교실로 가고 있었다. 조하은과 이야기를 나눈 다음에 수첩에다가 새로 알게 된 사실을 쓸 것이다. 그리고 학교가 끝나면 리본 핀 소품 가게로 갈 것이었다. 누구도 말로 꺼내진 않았지만, 맞잡은 손에서 같은 생각을 읽을 수 있었다. 나무의 그림자가 우리를 따라왔다.

당선소감

이 수 빈

받은 응원과 용기, 몇 배로 돌려주는 사람 되고파

사랑이 글을 쓰게 했습니다. 나의 느린 걸음을 응원해 준 가족과 친구들, 선생님들이 있어 계속 쓸 수 있었습니다. 책 읽기가 좋아서 글을 쓰기 시작했고, 이제는 글쓰기가 좋아서 글을 씁니다. 힘들어도 글쓰기를 사랑해서 계속 씁니다.

글이 나를 위로했고, 응원했고, 버티게 했습니다. 동화와 청소년 소설이 나를 다듬었습니다. 그런 글을 쓰는 작가를 꿈꿉니다. 열심히, 꾸준히 달려 보려는 나의 긴 여정에 선뜻 함께 나서주려는 사람이 많아 기쁩니다. 아직 배워야 할 것이 많은데, 격려하고 믿어준 사람들에게서 배운 사랑을 다시 세상에 돌려주고 싶습니다.

가장 먼저 언제나 맏딸을 믿고 응원해 준 엄마, 아빠께 사랑과 감사를 전합니다. 자신만의 세계를 잘 키워가는 중인 장한 동생들에게도 응원과 사랑을 전합니다.

유쾌하고 따뜻하게 동화 쓰기를 알려주신 이송현 선생님, 존경하고 닮고 싶은 조경란 선생님, 따스하고 진중한 응원을 전해주신 방현석 선생님, 친근하고 다정한 믿음을 보내주신 이승하 선생님, 나의 글을 향한 믿음과 확신을 끝없이 안겨주신 최유미 선생님, 글쓰기의 시작이자 영원한 문학 스승이신 김학묵 선생님, 정말 감사합니다. 부족한 이야기에 손 내밀어 주신 심사위원분들과 소중한 기회를 주신 부산일보사에도 깊은 감사의 인사를 전합니다.

늘 무한한 사랑으로 나를 믿어준 친구들에게 받은 응원과 용기를 몇 배로 돌려줄 수 있는 사람이 되고 싶습니다. 위로하고, 응원하고, 버틸 힘을 줄 수 있는 세계를 오래오래 쓰겠습니다. 읽는 이가 응원과 사랑을 한 아름 받아 가기를!

부산일보 – 심사평

넘을 듯 말 듯 '경계의 판타지'로 긴장과 재미 더해

900편 가까운 동시는 작년보다 양적으로 많이 늘었고 수준도 크게 높아졌다. 그러나 아직 많은 시가 동요풍이어서 아쉬웠다. 150여 편이나 되는 동화는 판타지보다 생활동화가 압도적이었다. 예전과 달리 AI가 심심찮게 등장하는데 그 등장이나 전개가 자연스럽게 받아들여진다. 그리고 응모자들의 동화에 대한 인식의 높낮이가 고르고 수준 또한 그러했다. 그러나 인터넷에 떠도는 억지 감동 스토리를 동화로 착각하는 분들이 있어 안쓰럽고 씁쓰레하다.

최종심에 오른 동시는 '아빠의 편지', '피아노', '나무의 힘'이었다. '아빠의 편지'는 신선한 소재와 참신한 은유가 돋보였고, '피아노'는 동심과 시심을 고루 갖춘 상상력이 돋보였으나 당선작으로 밀기엔 다소 역부족이었다. '나무의 힘' 역시 호감은 갔으나 작품 수준이 고르지 않았다. 동화는 최종적으로 '경비할아버지 장갑'과 '매력 훔치기'를 골랐다. '경비할아버지 장갑'은 아닌 것 같지만 결국은 AI 이야기다. 맨손으로 눈을 뭉치는 경비할아버지를 위해 안쪽에 털이 보들보들한 가죽장갑을 갖다주지만, 그 할아버지는 낙

엽도 안 쓸고, 눈도 못 녹이고, 지하실에서 몰래 동물을 키우는 고장 난 경비, 주민투표에서 쫓겨난 AI였다.

'매력 훔치기'는 등장인물의 마음과 행동을, 섬세하면서도 동영상 같은 문장으로 표현하고 넘을 듯 말 듯 한 경계의 판타지로 긴장과 재미를 주었다. 마음을 따뜻하게 하는 '경비할아버지 장갑'도 좋았지만, 아이들의 세계가 생동감 있게 출렁이는 '매력 훔치기'를 당선작으로 뽑았다. 당선자에게는 축하를, 응모자들에게는 격려의 박수를 보낸다.

심사위원 : 배익천 동화작가, 구옥순 동시인

2024 불교신문 신춘문예 동화

이경아

1980년 서울 출생

이화여자대학교 영어영문학부 졸업

2024년 《불교신문》 신춘문예 동화 부문 당선

starryface@naver.com

그냥 너

이 경 아

"저기 책 읽는 아이 말이야. 밤에는 운동장을 돌아다닌대."

"뭐? 정말?"

"어제는 오른쪽을 보고 있었는데 오늘은 왼쪽을 보고 있는 것 같아. 이상해."

아이들이 나를 보며 이야기해. 아이들의 이야기에 나는 기쁘기도 하고 슬프기도 해. 내가 운동장을 자유롭게 걸어 다니는 상상을 하며 기쁘고 한 편으로는 진짜 그러지 못해서 슬픈 거야.

나는 책을 읽는 소녀 동상이야. 몸이 머리부터 발끝까지 전부 하얀색이고 의자에 앉아있어. 치마를 입고 있고 구두도 신었지. 모자를 쓰고 있는데 챙이 넓지 않아 앞을 잘 볼 수 있어. 그리고 손에 책을 들고 펼쳐서 보고 있지.

내 보금자리는 초등학교 뒤뜰 한쪽에 있어. 아이들에게 '책 읽는 모습이 아름답다'는 모습을 보여주기 위해 있는 거래. 그런데 어쩐 일인지 아이들은 나를 자주 보러 오지 않아. 혼자 하루를 보내는 날이 많지. 나는 늘 책을 펴서 보고 있어. 하지만 너희도 알잖아. 매일 같은 곳만 보고 있으면 너무 질린다는 걸. 그래서 나는 다른 곳을 보기도 하고 소리도 들어. 아이들, 새, 개구리, 나비, 나무의 소리에 귀를 기울이곤 하지.

내가 앉아있는 자리 둘레에는 작은 연못이 있는데 조그만 분수도 몇 개 있어. 하지만 주위에는 울타리가 있어 아이들이 마음대로 들어오진 못해. 아이들이 울타리를 잡고 잠깐씩 안을 들여다보곤 하지. 분수에서 나오는 물은 가끔 바람이 불면 내 얼굴을 촉촉하게 적셔주기도 해. 오늘같이 햇볕이 따가워 얼굴을 뜨겁게 달구는 날은 바람이 불어주길 바라게 된단다. 난 그냥 이렇게 지내고 있어. 내가 무엇을 바꿀 수는 없으니까.

그런데 어느 날부터 한 여자아이가 자주 나를 찾아와. 그 아이는 나를 물끄러미 바라보기도 하고 내 옆에 있는 벤치에 앉아 책을 읽기도 해. 가끔 콧등에서 안경이 미끄럼을 타고 내려오면 쓰윽 올리는 모습이 꽤 의젓하다니까. 하지만 안쓰럽기도 해. 왜냐고? 어떤 아이와 하는 이야기를 들었거든.

"주연아, 집에 안 가? 3학년 수업 아까 끝났잖아."

키가 큰 아이가 다가와서 물었어.

'아, 여자아이의 이름은 주연이구나.'

나는 이름을 기억하고 싶어 되뇌었지.

"어? 아영 언니! 조금 있다가 가려고……. 아빠, 엄마도 늦게 오시고…… 집에 혼자 있는 거 싫어서."

주연이 목소리에 기운이 없어 보였어.
"저 하얀 아이 무섭지 않아? 밤에는 눈이 빨갛게 변해서 돌아다닌다던데?"
아이는 눈을 크게 뜨고 물었어.
"눈이 빨갛게 변해? 지금 괜찮은데? 난 집에 혼자 있는 게 무서워서……. 여기 있으면 혼자 있는 것보다 좋아."
아이들의 말을 듣고 나는 소리 내어 웃고 싶었어. 정말 내 눈이 빨갛게 변해봤으면 좋겠다. 눈이 빨갛게 되면 세상은 어떻게 보일까? 재밌을 것 같아. 나도 주연이가 옆에 있어 주어서 하루의 일부분이 무섭지 않았어. 외롭지도 않았지. 그래서 주연이가 오는 시간이 기다려졌어. 키 큰 아이는 바쁜 듯 금방 자리를 떠났어. 주연이는 내 옆에서 나와 함께 책을 읽었지.
그러던 어느 날이었어. 그날도 주연이는 벤치에 앉아서 책을 읽고 있었거든.
"누구지? 이주연이네? 여기서도 책이야? 정말 재미없어."
한 아이가 웃으며 말했지. 옆에 다른 친구들 두 명도 함께 있었어.
주연이는 눈살을 찌푸렸어.
"어? 이거 요새 인기 많은 토끼 인형이네? 한 번 보여줘 봐."
한 아이가 주연이 가방에 달렸던 인형을 톡 떼어갔어.
"이리 돌려줘. 내 거야."
주연이는 아이들을 쫓아다니며 인형을 가져오려고 했어. 하지만 아이들은 인형을 자기들끼리 주고받으면서 깔깔거렸지.

"얼른 돌려줘. 얼른!"

주연이는 인형을 들고 있는 아이 옷을 붙잡으며 거의 매달려있었어. 인형을 향해 손을 쭈욱 뻗었지. 하지만 인형을 들고 있는 아이는 주연이보다 키가 한 뼘은 더 커 보였어. 게다가 팔을 번쩍 들고 인형을 흔들며 약을 올리는 거야. 주연이는 얼굴이 붉으락푸르락해서 낑낑거리며 손을 뻗었어. 하지만 인형을 잡을 수는 없었어. 그렇게 공중에서 흔들거리던 인형은 어느 순간 날아가 내 발아래 연못에 떨어지고 말았어.

"얘들아, 가자. 나 이제 학원 가야 해."

아이들은 별일 아니라는 듯 자리를 떠났어. 주연이는 벌겋게 된 얼굴로 연못을 바라보았어. 눈에서는 금방이라도 눈물이 왈칵 쏟아져 나올 것 같았어. 주연이는 몇 번이나 울타리 주위를 빙빙 돌고 연못을 가만히 쳐다봤어. 하지만 곧 주연이는 등을 돌려 돌아갔어. 어깨가 축 처져 있었지.

하얀 토끼 인형은 연못에 빠져서 귀만 조금 보였어. 토끼 귀를 보니 나도 마음이 아팠어. 눈앞에 빤히 보이는데 나는 주워주지도 못하고 말이야. 처음으로 가만히 있어야만 하는 내가 싫었어.

토끼 귀는 서서히 물속으로 가라앉아 보이지 않게 되었어. 주연이는 그 후에도 가만히 연못 안을 바라보곤 했어. 아마 토끼 인형이 그리웠나 봐.

그런데 어느 날. 내 몸에 무언가가 부딪히는 소리가 났어.

딱!

"야, 저 아이를 공격하자. 밤에는 운동장을 돌아다닌대. 귀신이 붙어있을 거야."

딱! 딱!

아이들 둘이서 돌을 던지기 시작했어.

"우와! 맞혔다. 이번에는 얼굴을 공격하자."

아팠어. 마음이. 난 귀신이 아닌데…… 아이들과 친구가 되고 싶은데…….

"눈처럼 뭉쳐봐. 이 진흙을 던져봐."

철퍼덕. 척!

"우와! 얼굴에 큰 점이 생겼다. 하하하. 이제 귀신이 도망갔을까?"

내 하얀 얼굴에 거무죽죽한 진흙이 붙었어. 그때 주연이가 소리쳤어.

"야, 너희들 그만해. 뭐 하는 거야?"

주연이는 씩씩거리며 화를 냈어.

"뭐 하긴, 귀신 쫓고 있지. 너도 같이 힘을 합치자."

아이들은 으스대며 이야기했어.

"그만해. 귀신이 어딨어? 너희 자꾸 그러면 선생님한테 이를 거야."

"칫, 뭐야."

아이들은 가방을 챙겨 바로 가버렸어. 아이들은 늘 '선생님'이라는 말에 뒷걸음질 치더라고.

주연이가 나를 지켜준 거야. 주연이가 천사같이 보였어.

"아, 어떡해. 얼굴이 엉망이 되었어."

주연이가 내 얼굴을 뚫어져라 쳐다보았어. 그러더니 갑자기 다리를 울타리 안쪽으로 넣는 거야. 주연이는 이번에는 망설이지 않았어. 울타리를 가볍게 넘었어. 그리고 양손으로 치마를 움켜쥐고 진흙밭을 지나 콩콩콩 징검다리를 건넜지. 나에게 더 가까이, 점점 더 가까이 다가왔어. 그러고는 내 발 아래쪽에 떨어져 있는 나뭇잎 한 장을 들고 끙끙 바위를 올라왔어.

주연이가 나뭇잎으로 내 얼굴을 쓱쓱 닦아주었어. 이마에 땀이 송골송골 꽃봉오리처럼 맺혔어. 그리고 곧 환한 얼굴로 나를 보았어. 주연이 머리 위에 햇볕이 쏟아지며 눈이 부셨지. 오랜만에 느껴보는 사람의 손길이 부드러웠어. 주연이는 다시 천천히 바위를 하나씩 내려와 징검다리로 갔어. 징검다리를 건너 연못 밖으로 나가려는데 기우뚱.

첨벙!

축축해진 신발이 징검다리에서 그만 미끄러지고만 거야.

'앗, 안돼!'

나는 눈을 질끈 감고 싶었어. 하지만 다 볼 수밖에 없었지. 주연이가 연못에 빠져 옷과 신발이 잔뜩 젖어버렸지 뭐야. 무릎에서는 빨간 피가 비어져 나오고 있었어.

"아야, 조금 까졌네. 옷이 다 젖어버렸잖아? 하하. 괜찮아."

주연이는 나를 쳐다보며 말했어. 내가 주연이를 보고 있는 줄 알았나 봐. 주연이는 옷을 툭툭 털고 밖으로 나와 벤치에 앉아 책을 읽었지. 내가 걱정스레 계속 쳐다보는 지도 모르고 말이야. 그러고는 책을 다 읽었는지 나에게 인사를 했어.

"안녕, 내일 또 봐. 내 하얀 친구. 아, 그래. 하친! 넌 정말 하얘. 하하."

나는 주연이의 친구였던 거야. 기분이 좋았어. 하지만 한편으로는 마음이 아팠어. 젖은 신발이 내 마음을 저벅저벅 밟고 지나가서 발자국이 남은 것 같았지. 걱정이 되었거든. 괜히 나 때문에……. 다친 곳이 많이 아프지는 않을까? 나 때문에 아프고 젖어서 내가 싫어지면 어떻게 하지? 난 주연이가 좋은데……. 또다시 슬퍼졌어. 내 마음의 소리를 들은 걸까? 내 옆에 있던 단풍나무가 말했어.

"걱정돼? 아이들은 넘어지기도 하고 옷도 젖고 그래. 상처는 낫게 마련이고 젖은 옷은 시간이 지나면 말라."

"난 친구인데 아무것도 해줄 수가 없어서……. 주연이는 내 얼굴을 닦아주었는데……."

"친구는 뭘 꼭 해줘야 해?"

"그래도, 나도 무언가를 해주고 싶어……. 아, 나무야 너의 그늘을 좀 빌려주지 않을래? 벤치에 앉은 주연이 얼굴이 뜨거워 보여서."

"그거야 뭐. 벤치가 나랑 좀 떨어져 있으니……아무튼 내가 팔을 좀 더 뻗어볼게."

“고마워. 난 가만히 여기에 있는 것 말고는 할 수 있는 게 없어서…….”

어느덧 아이들이 없는 학교에 고요한 밤이 찾아왔어. 까만 하늘에 커다란 보름달이 둥실 떠올랐어. 보름달은 푸른색이었는데 그렇게 크고 밝은 달은 처음이었어. 밤하늘을 푸른 달빛으로 가득 채우고 있어 대낮 같았지.

“내가 하룻밤만이라도 움직일 수 있으면 좋겠어. 주연이한테 선물을 주고 싶어.”

그때 보름달 옆으로 별똥별이 ‘슝!’ 하고 지나갔어. 그래서였을까? 목에 힘을 주니 갑자기 내 고개가 스윽 움직이는 거야! 이번에는 손가락에 힘을 주어 보았지. 손가락도 까딱까딱 움직이지 뭐야!

“우와, 소원이 이루어진 거야? 막 움직이는데? 그 전설 말이야. 푸른 보름달이 떴을 때 별똥별과 함께 소원을 빌면 이루어진다는 거. 정말이었나 봐.”

나무는 많이 놀랐는지 가지를 부스스 떨었어. 나도 놀라서 얼떨떨했지. 처음이었으니까. 이런 낯선 기분은. 투둑투둑. 부드득부드득. 내가 몸을 움직일 때마다 몸에서 하얀 부스러기가 떨어지고 거친 소리가 들렸어. 하지만 나는 조금씩 움직여보았어. 할 일이 있었거든. 처음으로 꼭 하고 싶은 일이 있었어. 나는 토끼 인형이 연못에 빠진 자리를 기억하고 있었지. 천천히 토끼 인형이 있던 곳으로 투둑투둑 다가갔어. 연못은 깊지 않았어. 손을 몇 번 휘휘 저으니 토끼 인형을 건질 수 있었지. 하얬던 토끼 인형은 초록색 이끼와

갈색 진흙으로 얼룩진 옷을 입고 있었어. 나는 인형을 울타리 밖으로 살짝 밀어서 올려놓았어. 인형은 데구루루 굴러 벤치 밑에 누웠어. 편안해 보였지.

"왜? 나가보지 않아? 아이들 말대로 운동장이라도 한 바퀴 돌고 오지 그래."

나무는 단풍 나뭇잎을 팔랑팔랑 흔들며 나에게 말했어.

"그냥, 여기가 좋아서. 나는 여기에 있는 내가 좋아. 진짜 운동장을 돌면 상상하는 재미가 하나 줄어들잖아? 마음껏 상상하며 여기에 있을래. 내가 꼭 하고 싶은 걸 했으니까."

나는 원래 내가 있던 자리로 돌아왔어. 편안했어. 가만히 앉아서 벤치 아래에 있는 토끼 인형을 보니 좋았어. 얼른 주연이가 내 선물을 받고 좋아하는 모습을 보고 싶었어.

다음 날은 비가 많이 왔어. 주연이를 기다렸지만 오지 않았어. 빗방울이 내 얼굴을 시원하게 씻어주었어. 주연이가 괜히 연못에 빠졌던 것 같아 미안했어. 내가 싫어져서 오지 않는 걸까? 일주일 넘게 비가 계속 왔어. 내 마음속에서도 계속 비가 내렸어. 토끼 인형은 내 마음을 아는지 모르는지 벤치 아래에서 잠만 자는 것 같았지.

드디어 모처럼 하늘이 맑게 개었어. 나무는 푸르름이 더욱 짙어지고 매미는 하늘을 찌를 듯 소리 높여 노래하기 시작했어. 그때 멀리서 천사가 걸어오고 있었어. 내 친구 주연이. 가슴이 두근거렸지. 주연이가 밝은 표정으로 다가왔어. 내 마음도 맑게 개었어.

"안녕? 하친! 오랜만이지? 비가 많이 왔었는데……. 넌 여전히 여기에 있구나. 네가 좋아! 언제 와도 나를 기다리고 있잖아."

분수에서 튀어서 날아온 물방울이었을까? 내 눈가가 촉촉해졌어. 나는 주연이의 말에 눈물이 날 것 같았어. 내가 가만히 있어서 좋다는 친구. 내가 무엇을 하지 않아도 좋다는 친구. 나는 언제까지나 지금처럼 주연이를 기다릴 거야! 여기서.

주연이는 언제나처럼 벤치에 앉아서 책을 읽었어. 벤치 아래에는 토끼 인형이 조용히 누워있었어. 옆에 있는 단풍나무는 가지를 살짝 더 펼치는 것 같았지. 주연이의 얼굴에 나무 그늘이 드리워졌어. 바람이 불자 그늘 사이로 스미는 햇빛에 얼굴이 살랑살랑 빛났어. 친구가 내 마음에 들어와 반짝였어.

'나도 그냥 네가 있어 좋아.'

당선소감

이 경 아

책 읽는 동상을 바라보던 열 살 아이가 있었어요

그 아이가 어느덧 커서 어른이 되었지요. 어른이 되고 엄마가 되어 아이들과 함께하며 어린 시절의 그 아이가 생각났어요. 내 상상의 나래를 펼쳐주던 그 동상이 아직 남아 있을까, 외롭지는 않았을까 생각하면서요. 그 동상은 제 마음속에서 자리를 지키고 있었던 거예요. 제 어린 시절을 함께하던 멋진 친구였죠.

그 자리에 있다는 사실 만으로, 존재한다는 것만으로 그냥 좋고 든든합니다. 아이들, 가족들, 그리고 친구들도요. 무엇을 해주지 않고 가만히 바라보기만 해도 웃음이 나요. 서로의 존재만으로도 따뜻하고 힘이 되지요. 아이들도 동화를 읽으며 '그냥 너'라서 소중하고 빛난다는 걸 알면 좋겠습니다. '그냥 너'가 있어 감사하고 세상이 아름답다는 것도요.

저에게 이렇게 큰 상을 주심에 고개 숙여 감사드립니다. 저를 동화의 세계로 이끌어준 소중한 세 아이들, 늘 든든하게 제 옆을 지켜주는 남편과 부모님! 정말 사랑하고 감사합니다. 또, 동화란 어떤 것인지 알려주신 정해왕 선생님께도 깊이 감사드립니다. 그리고 무엇보다 저와 함께 동화 나라에서 살고 있는 글벗들께 이 영광을 돌리고 싶습니다. 앞으로 더 고심하고 노력하여 아이들을 위한 동화를 쓰도록 애쓰겠습니다.

섬세한 '공감미'의 수준작

올해의 불교신문 동화 분야, 흉작이라면 흉작이다. 그 많던 좋은 후보작들 어디 갔는가? 코로나가 위세 떨치 고 난 후 저마다 소통에 목말라야 할 때 응모작 수도 아주 많지 않고, 수준작도 적어진 것은 왜인가? 아쉬움이 크다 하지 않을 수 없다.

'그냥 너', '황금 달팽이', '소원 들어주는 돌', '세상을 지키는 비행'이 후보에 올랐다. 먼저 위의 네 작품을 선별해 놓았지만, 사실은 단연 한 작품 '그냥 너'만이 선자의 눈에 선명히 들어왔을 뿐이다.

'그냥 너'는 책 읽는 소녀상과 한 외로운 여학생의 만남, 우정을 그렸다. 평범하다면 평범하지만, 동화의 아름다움을 새삼 환기시킨 수준작이다. 여학생 주연을 둘러싼 외로운 '현실'을 상세히 드러내지 않았지만, 독자들이 이 학생의 정황을 충분히 공감할 수 있으리라 여겨진다. 섬세한 공감의 미학을 갖춘 작품이다.

'황금 달팽이'는 주제의 평이함이 아쉽고, '세상을 지키는 비행'

도, '황금 달팽이'의 저자처럼, 어휘와 문장이 좋은 반면 무엇을 위해 썼는가가 아쉬웠다. '소원을 들어주는 돌'은 '작은 돌'의 여정 가운데 마지막 국면에 묘미가 있다. 이에 이르는 과정의 이야기(성황나무, 장승)가 비유적 의미를 충분히 충당하지 못했다.

불교신문 동화 분야는 선자의 경험상 아주 좋은 작품들의 경연장이다. 이 좋은 전통이 잘 이어지기 바란다.

심사위원 : 방민호(서울대 국문과 교수)

2024 전북일보 신춘문예 동화

정종균

1992년 출생
단국대학교 문예창작과 졸업
현재 다양한 분야에서 활동 중
2024년 《전북일보》 신춘문예 동화 부문 당선
vhehd44@naver.com

우주 보안관이 된 우리 엄마

정 종 균

차가운 바람이 조금씩 불어오던 11월의 어느 날이었다.

늘 병원 침대에 누워있던 엄마가 조심스럽게 수아를 불렀다.

"수아야, 잠깐만 이리 와 볼래?"

근처 간이침대에 쪼그리고 앉아 스마트폰 게임을 하고 있던 수아는 그 말을 듣고 쪼르르 엄마 곁으로 다가갔다. 그리고 까치발을 들고 엄마에게 기댔다.

"왜 엄마?"

"우리 딸에게 보여주고 싶은 게 있어서 그래."

엄마는 앙상한 팔을 들어 창문 너머를 가리켰다.

창문 너머에는 환하게 빛나는 동그란 달이 떠 있었다. 달은 보는 것만으로도 눈을 꽉 채울 것 같은 은은하면서도 포근한 빛을 내뿜고 있었다.

"저기 봐, 달이 예쁘지?"

"응. 예쁘다."

엄마는 수아를 끌어안고 속삭였다.

“사실 비밀인데, 지금 저 달에 몹시 나쁜 외계인이 몰래 숨어있다?”

“정말?”

마침 스마트폰 게임 속에서 무시무시한 외계인이 반짝이며 화면을 가로질렀다.

엄마는 가만히 고개를 끄덕였다.

“당연하지. 그래서 지구에서 외계인과 싸울 수 있는 우주 보안관을 보낼 계획을 세웠어. 외계인과 싸워서 지구를 지킬 수 있는 용감한 사람 말이야. 그런데 그 보안관으로 엄마가 뽑혔다지 뭐야?”

그 말을 들은 수아가 눈을 동그랗게 뜨고 물었다.

“우주 보안관이면 나쁜 외계인들과 싸우는 거야?”

“맞아. 영화에서 봤던 것처럼 커다란 로봇도 타고, 멋진 레이저총도 쏘면서 외계인들과 싸우는 거야.”

엄마는 병원에 입원한 이후, 매일 같이 의사 선생님과 이야기를 나누고 복잡한 기계를 주렁주렁 매단 채 검사를 했었다. 그런데 설마 그게 우주 비행을 준비하기 위해서 그랬던 것일 줄이야.

“그런데 오늘 의사 선생님이 말씀해주셨는데, 엄마가 이제 곧 로켓을 타고 달나라로 갈 수 있다네?”

“우와, 엄마 대단하다!”

얼마 전, 텔레비전에서 우주를 여행하는 만화영화를 본 적 있다. 우주는 지구와 달리 중력이 없어서 물건이 둥둥 떠오르고, 창밖으로는 언제나 별이 반짝반짝 빛나는 곳이다.

"엄마, 나도 따라가도 돼? 응?"

수아는 신이 나서 엄마에게 매달렸다.

하지만 엄마는 가만히 고개를 저었다.

"우리 수아는 아직 어려서 못가. 달나라에 한 번 가면 다시 돌아오는 데 시간이 아주 오래 걸리거든. 만약 수아까지 우주로 가면 아빠는 혼자 남잖아."

수아는 엄마의 말에 아빠를 떠올렸다.

아빠는 엄마가 병원에 입원한 이후부터 웃어 본 적이 없다. 매일같이 어깨와 허리를 푹 숙이고 울상만 짓고 있을 뿐이다. 그런데 엄마를 따라 자신까지 떠나 버리면 아빠는 외로워서 엉엉 울지도 몰랐다.

"그럼 엄마는 언제 와?"

"아주, 아아아주 나중에."

엄마는 이렇게 말하면서 창문 너머로 동그랗게 빛나고 있는 달을 가리켰다.

"대신에 엄마는 아주 좋은 망원경을 가지고 갈 거야. 그 망원경으로 달에 앉아 우리 수아가 뭘 하고 있나, 항상 지켜볼 거란다. 그러니까 엄마가 우리 수아가 잘 있나 늘 확인할 수 있게 매일 달을 보면 손을 흔들어줘. 알았지?"

엄마는 수아를 꼭 안고 당부했다. 하지만 수아는 입술을 삐죽 내밀고 툴툴댔다.

"칫, 나도 달에 가고 싶은데. 엄마만 좋은 데 가고."

"미안해. 엄마만, 우리 딸을 두고 엄마만 가서 미안해."

엄마는 수아를 안고서 늦은 밤까지 계속 미안하다는 말만 반복했다. 그렇게 미안하면 나도 데리고 가지. 수아는 엄마가 가리킨 창밖 너머의 달을 보면서 투덜거렸다.

* * * * *

달나라로 떠날 날이 가까워지자, 엄마는 비쩍 말라갔다. 팔은 창밖 너머 나무처럼 앙상하게 말랐고 뺨은 홀쭉하게 들어갔다.

"엄마는 로켓에 타려고 일부러 몸을 가볍게 만들고 있는 거야. 몸이 무거우면 로켓이 날아가다가 떨어질지도 모르잖아."

엄마는 이렇게 말하면서 배시시 웃었다.

그런 와중에 의사 선생님과 간호사 언니들이 몇 번이나 엄마를 찾아왔다. 잘은 모르지만, 엄마가 곧 우주여행을 떠날 때가 가까워진 모양이었다.

어느 날 아침, 아빠가 수아를 깨웠다. 눈을 떠보니 병실 침대에 누워있던 엄마는 어디에도 없었다.

수아는 아빠 손을 잡고 병실 구석으로 향했다. 한 번도 가본 적 없는 곳이었다. 그곳에는 몇 번이나 엄마를 검사하던 의사 선생님이 있었다.

그리고 의사 선생님 뒤로 하얀 천을 뒤집어쓴 누군가가 보였다.

얼굴은 자세히 보이지 않았지만, 수아는 그게 엄마라는 것을 알 수 있었다.

“아빠, 엄마는 이제 달나라에 가는 거야?”

“응.”

아빠는 무뚝뚝한 목소리로 말했다.

“엄마는 가벼운데, 달에 갔다가 휙 하고 날아가 버리면 어떻게 하지?”

달은 지구보다 중력이 약해서 조금만 움직여도 높이 뛸 수 있다고 책에서 읽은 적 있다.

지금 엄마는 무척이나 가벼우니, 잘못 하다가는 그대로 우주 너머로 날아가 버릴지 모른다.

수아는 걱정이 돼서 물었지만, 아빠는 아무 말도 하지 않았다.

“흥. 아빠는 엄마가 걱정도 안 되나 봐.”

괜히 심통이 난 수아는 아빠의 손을 놓고 무작정 바깥으로 향했다. 이유는 몰랐지만, 이곳에 있는 게 너무 답답했다.

그러다 수아는 병원 휴게실에 도착했다. 텅 빈 휴게실 안은 따뜻한 데다 푹신한 소파도 있었다.

“하암.”

수아는 소파에 드러누워 하품했다. 안 그래도 아빠가 아침 일찍 깨워서 졸리던 참이었다. 수아는 꾸벅꾸벅 졸다가 스르륵 잠이 들었다.

그렇게 얼마나 잤을까, 수아는 불현듯 눈을 떴다.

수아의 눈에 어두컴컴한 휴게실 풍경이 들어왔다. 자는 사이에 밤이 온 모양이었다. 거기다 주위에는 아무도 없었다.

"무, 무서워."

수아는 어두컴컴한 주위 풍경에 자신도 모르게 와락 겁이 들었다. 어두운 휴게실 안에 어른거리는 그림자들이 꼭 무시무시하게 생긴 괴물을 떠올리게 만들었다.

"어, 엄마!"

그리고 울먹이면서 습관처럼 엄마를 불렀다. 엄마는 침대에 누워 있다가도 수아가 부르면 항상 달려오곤 했다.

"엄마, 나 여기에 있어!"

수아는 어둠 속에서 엄마를 애타게 불렀다. 하지만 아무리 불러도 엄마는 수아를 찾아오지 않았다.

그러다가 수아는 뒤늦게 한 가지 중요한 사실을 기억해냈다.

"맞다, 엄마는 달에 갔지?"

엄마는 오늘 아침 로켓을 타고 달나라로 떠났다. 한 번 가면 돌아오는 데 많은 시간이 걸린다고 했다. 지금쯤 분명 지구하고는 멀리 떨어진 우주 어딘가에 있을 것이 분명했다.

여기까지 생각하자 눈물이 와락 쏟아졌다.

"엄마 미워! 나만 두고 달에 가고! 다른 친구 엄마들처럼 그냥 지구에 있으면 안 돼?"

수아는 지금까지 꾹꾹 눌러 담아 왔던 서운함에 휩쓸려 엉엉 울기 시작했다.

자신을 여기 두고 우주 보안관을 한다면서 달에 간 엄마가 너무 미웠다. 다른 친구의 엄마들은 달 같은 곳에 가지 않는다. 로켓을 타야 한다며 병원에 누워있지도 않았다.

그런데 엄마는 나를 두고 달에 가버렸다.

이렇게 생각하니 수아의 눈에서는 하염없이 눈물만 나왔다.

그때, 휴게실 창문 너머에서 무언가 수아를 부르는 목소리가 들려왔다.

수아는 깜짝 놀라 창문 너머를 바라봤다.

“엄마?”

거기에는 새하얗고 동그란 달이 떠 있었다.

달은 구름 너머에서 서서히 자신의 얼굴을 드러냈다.

그러자 수아의 몸 위로 부드러우면서도 포근한 빛이 쏟아졌다. 꼭 달이 하얗게 반짝이는 은빛 손을 뻗어 수아를 쓰다듬으며 위로하는 것 같았다. 휴게실 안으로 달빛이 쏟아지자, 수아를 겁주던 그림자도 주춤거리며 뒤로 물러섰다.

수아는 그렇게 온몸으로 달빛을 맞으면서 한참이고 자리를 지켰다.

“수아야!”

아빠가 휴게실 문을 벌컥 열고 들어왔다. 아빠의 몸은 땀으로 가득했다.

“아빠!”

수아는 달려가서 아빠의 품에 안겼다. 아빠는 수아를 꼭 끌어안으며 안으면서 말했다.

"여기에 있었구나! 한참 찾아다녔어."

아빠의 품에서는 씁쓰레한 냄새가 났다. 아빠는 수아의 머리를 쓰다듬으며 물었다.

"우리 수아, 혼자 여기에 있는 게 무섭지 않았어?"

"난 괜찮아. 저기 봐, 아빠!"

수아는 아빠의 품에 안긴 채 창밖 너머를 가리켰다. 거기에는 엄마와 언젠가 함께 보았던 달이 동그란 얼굴을 내밀고 있었다. 어찌나 크고 밝은지, 창문 밖으로 고개를 내밀면 그대로 코가 닿을 것 같았다.

"엄마가 저기서 좋은 망원경으로 날 지켜보겠다고 약속했거든. 엄마가 날 보고 있다고 생각하니까 하나도 안 무서웠어."

어쩌면 이미 엄마는 달 위에 도착해 있을지도 몰랐다. 엄마가 말했던 나쁜 외계인들이 엄마를 괴롭히지는 않을까. 여기까지 생각하다가 수아는 고개를 저었다.

엄마는 지구를 지키기 위해 뽑힌 우주 보안관이다.

그런 엄마가 외계인에게 지고 있을 리가 없었다.

"아마 지금쯤 엄마는 힘을 내서 외계인과 싸우고 있겠지?"

수아는 창을 향해 쪼르르 다가갔다. 그리고 온 힘을 다해 소리쳤다.

"엄마, 봐봐. 나 아빠랑 잘 있어! 그러니까 나쁜 외계인한테 지지 마! 알았지?"

수아는 달 저편에서 자신을 보고 있을 엄마를 향해 쉬지 않고 손을 흔들었다.

당선소감

정 종 균

당선 소식을 들었을 때, 저는 싸늘한 겨울바람에 벌벌 떨며 버스를 기다리고 있었습니다. 그때 불현듯 찾아온 기쁜 전화는 당시의 추위가 모조리 날아갈 만큼 따스하게 다가왔습니다. 무엇보다 동화를 읽으면서 자랐던 제가, 이제는 동화를 쓰는 어른이 됐다는 사실에 무한한 감격을 느꼈습니다.

사실 처음에 다소 무거운 소재를 고른 건 아닌지 고민을 많이 했습니다. 그래도 모든 이별이 비극으로 귀결되지 않고, 모든 상실이 슬픔으로 끝나지만은 않는다는 것을 짧은 생애를 살아오면서 배웠습니다. 죽음 역시 삶의 당연한 일부분이며, 자연스럽게 받아들이고 이해하는 과정을 통해 극복해 나갈 수 있음을 담고자 했습니다. 그런 의미에서 제 동화가 각자만의 사정으로 힘든 순간을 거치고 계시는 분들에게 조금이나마 위안이 되었으면 합니다.

여러모로 부족한 작품을 선정해 주신 심사위원 분들에게 감사드립니다. 그리고 제 영원한 뮤즈이신 어머니, 제 인생 최고의 후원자인 아버지, 그리고 제 첫 독자였던 동생과 이 기쁨을 나누고 싶습니다. 무엇보다 제게 과분한 달란트를 주신 주님께 감사 말씀 올리며,

언젠가 뵙게 될 그 날까지 순종하는 종으로서 창작을 이어갈 것임을 약속드리는 바입니다.

잔잔한 울림을 주는 이야기 구성

좋은 동화는 누가 읽어도 '좋다'라는 생각이 드는 작품일 것이다. 이런 동화는 발상이 재미있거나 울림이 있고 이야기 구성의 완결성이 높은 작품이다.

본심에 오른 작품은 제목과 관점이 새로웠다. 하지만 이야기를 밀고 가는 힘이 아쉬웠다. 문제 해결 방식도 아이 스스로 노력하고 맞서기보다 등장시킨 대상물에 의존하도록 구현되었다. 판타지를 구현할 때 동화라고 해서 아무런 장치도 없이 마법이 일어나고 그냥 사라져 버리는 건 곤란하다. 이번 본심은 이런 관점에 중심을 두고 심사에 임했다.

최종심에 오른 작품은 〈거짓말 가방〉과 〈우주 보안관이 된 우리 엄마〉이었다. 〈거짓말 가방〉은 발상이 새롭고 요즘 아이들에게 심각한 '거짓말'을 소재를 다루어 눈길을 끌었다. 그러나 판타지 설정에 있어 엄마가 샀던 하얀 에코백이 거짓말을 담는 가방으로 변하는 전개가 결정적으로 설득력을 주지 못했다. 〈우주 보완관이

된 우리 엄마〉는 어린 수아를 두고 죽음을 맞이해야 하는 아픈 엄마와 딸의 이별 과정을 담담하게 구현한 동화다. 부모와 자식 간의 이별은 그 어떤 슬픔보다 아프고 괴로운 일이다. 어린아이일수록 엄마의 죽음을 이해하고 받아들이기는 어렵다. 엄마는 어린 딸에게 달나라에 외계인이 숨어 있어 그 외계인과 싸울 수 있는 지구인으로 엄마가 선택되었다고 한다. 엄마를 따라가겠다는 딸에게 한 번 달나라에 가면 오래 걸리니까 안 된다며 대신 망원경으로 항상 지구를 내려다보겠다는 발상자체가 새롭다. 절제된 이야기 전개로 울림을 주는 이 작품은 뜻하지 않게 부모와 이별한 어린 친구들에게 위로가 될 수 있을 것이다. 깔끔한 문장도 이 작품의 지닌 미덕으로 꼽을 수 있다. 다만 어른 시각의 상황 전개가 조금 아쉬웠다. 동화 한편을 완성시키는 일이 만만하지 않다는 것을 잘 안다. 앞으로 더 정진해서 크게 발전하리라 믿는다.

심사위원 : 김자연(아동문학가)

2024 조선일보 신춘문예 동화

김아름

1988년 부산 출생

서울예술대학교 문예창작학부 극작전공 졸업

2024년 《조선일보》 신춘문예 동화 부문 당선

2012년 춘천인형극제 창작인형극대본공모전 우수상 수상

vegeta2000@naver.com

배꼽이 사라졌다

김 아 름

아침에 일어나보니 배꼽이 사라졌다. 세수를 하고 잠옷을 벗었는데 배 한가운데가 밋밋했다. 순간 너무 놀라 비명을 질렀다.

"으아아악!"

"왜? 무슨 일이야?"

욕실에서 씻고 있던 아빠가 말했다. 나는 두 손으로 입을 틀어막았다.

"배, 배… 꼽이……."

"뭐 꼽등이가 있다고? 지금 아빠 바빠서 이따 잡아줄게."

아빠는 요즘 회사 프로젝트 때문에 잠이 부족하다. 어젯밤 회사 동료와 통화하는 것을 엿들어서 알게 되었다. 나는 아빠와 단둘이 산다. 엄마는 내가 태어날 때 돌아가셨다. 아빠는 분유와 사랑으로 나를 키워주셨다. 나를 키우면서 일하느라 몸이 열 개라도 부족했을 아빠. 그런 아빠가 출근 전에 충격을 받으면 일을 제대로 못 할 거고, 그러면 승진도 못 할 테고, 당연히 재혼도 미뤄질 거다. 아빠가 어서 빨리 여자 친구를 사귀어서 재혼했으면 좋겠다. 그래, 배꼽이 사라진 사실을 비밀로 하자.

“먼저 출근하세요. 저는 숙제를 깜박해서 얼른 하고 학교 갈게요.”

“너는 열두 살이나 됐으면서 그런 걸 깜박하냐? 달력에 꼼꼼히 쓰라니까. 꼼꼼한 사람이 성공한다고. 아빠 먼저 간다.”

아빠는 그렇게 말하면서 양말을 검은색, 진회색 짝짝이로 신고 나갔다. 이제 어쩌지? 약상자에서 밴드를 찾아서 배꼽이 있던 부위에 붙였다. 밴드는 접착력이 없어서 금방 떨어졌다.

두 손을 들어 만세를 해보았다. 허옇게 드러나는 배 한가운데 아무것도 없는 모습이 마치 수염 없는 고양이 같다. 고양이에게 수염은 없어서 안 될 중요한 건데 나는 쓸모없는 배꼽이라니……. 그 쓸모없는 배꼽이 사라졌는데도 이렇게 어색할 줄이야!

사라진 배꼽을 꽉꽉 숨기려고 긴 티셔츠를 입었다. 바지 안에 티셔츠를 넣고 일부러 벨트까지 잠갔다. 학교에 도착하니 아이들이 내 배만 보는 것 같았다. 특히 짝꿍인 마예지가 나의 옷차림새와 표정을 유심히 쳐다보았다. 요즘 미술학원에서 관찰하는 법을 배운다더니 위에서 아래로, 왼쪽에서 오른쪽으로 샅샅이 나를 관찰했다.

“너 그 벨트는 뭐냐?”

마예지가 말하자 뒤에 앉은 재영이도 덧붙였다.

“민준이 우리 아빠랑 옷 입는 게 똑같네.”

"살 빠져서 그래. 신경 쓰지 마."

나는 일부러 차갑게 말했다. 의심받지 않으려고 그랬는데 아이들은 갑자기 왜 그러냐는 표정으로 쳐다봤다. 조심해야겠다. 그런데 하필이면 1교시부터 체육이라니…….

통통통. 강당 구석에서 눈에 띄지 않게 농구공만 튕겼다. 선생님께서 슛 연습을 하라고 하셨지만 레이업슛도 삼점슛도 하지 않았다. 재영이와 패스 연습과 드리블 연습만 했다.

"자, 이제 슛도 해봐. 시작!"

슛을 하지 않으려고 그렇게 애를 썼건만. 마예지가 등 뒤에서 갑자기 떠미는 바람에 결국 내 차례가 되었다. 얄미운 마예지…….

선생님께서 슛 잘하는 방법을 설명해 주는 틈을 타 아무도 보지 못하게 얼른 농구공을 던졌다.

"김민준! 너 배꼽이……."

골대 밑에서 마예지가 놀란 토끼 눈으로 내 배를 가리켰다. 분명 내 뒤에 있었는데 언제 골대 쪽으로 간 거지? 뭐라고 더 말하기 전에 나는 황급히 예지의 입을 막았다. 왼손 검지를 들어 비밀로 해달라는 신호를 보내자 예지가 알겠다며 고개를 끄덕거렸다. 그리고 눈꼬리를 반달로 만들며 씨익 웃었다. 재밌는 걸 발견했다는 듯이 말이다.

"너희 둘이 연애하니?"

재영이가 짓궂게 놀려댔지만 나는 아랑곳하지 않고 예지를 강당

구석으로 데리고 갔다.

"진짜 봤어?"

"어떻게 배에 배꼽이 없어? 어쩐지 아침부터 수상하더라니."

역시 마예지는 끈질기다. 전에 지우개 따먹기를 할 때도 내 지우개를 전부 따갔다. 나는 한숨을 쉬며 말했다.

"나도 모르겠어. 자고 일어나니까 없어졌어. 이따 양호실 가서 물어보려고."

"양호 선생님이라고 별수 있니? 배꼽이 없어졌다고 하면 인체 실험 당할걸?"

순간, 내가 어느 연구소에서 손발이 꽁꽁 묶인 채 파란색 액체가 든 주사를 맞으며 괴로워하는 모습이 떠올랐다. 끔찍하다.

"배꼽 스티커 우리 동네 문방구에 팔아. 그거 붙여."

"그런 게 있다고?"

"물 묻혀서 붙이는 타투야. 요즘 다리 길어 보이려는 여자들이 배꼽 위에 붙이고 크롭티 입잖아."

학교가 끝나고 예지를 따라서 문방구에 갔다.

"배꼽 스티커 다 팔렸다. 다음 주에 들어와. 너도 댄스 대회 나가니?"

주인 아저씨가 말했다. 실망한 나는 멍하니 필기구 진열대를 보다가 말했다.

"그냥 그릴까?"

"그래, 너 그림 잘 그리잖아! 일단 그려."

왜 진작 그 생각을 못 했지? 하마터면 예지의 손을 잡고 방방 뛸 뻔했다.

"그런데 뭐로 그려? 너 물감 있어?"

"물감은 다 지워지지. 바보야? 내가 만화 그릴 때 쓰는 사인펜 빌려줄게. 물에 안 지워져. 좀 비싼 건데, 짝꿍이니까 특별히 빌려준다."

웹툰 작가가 꿈인 예지는 미술학원에 다니고 있지만, 사실은 내가 더 잘 그린다. 나도 미술학원에 가고 싶지만 차마 아빠한테 말하지 못했다. 아빠는 항상 바쁘니까.

예지와 은행나무 둥치로 갔다. 이 은행나무는 오백 년 된 보호수다. 왠지 이곳에 오면 신비로운 기분이 든다.

"너 손거울 있어?"

"한 번 빌리는데 오백 원."

은행나무 뒤에서 예지의 손거울로 배를 보면서 배꼽을 쓱쓱 그렸다. 혹시라도 누가 올까 봐 가슴이 콩닥콩닥거렸다.

"망 잘 보고 있지?"

"걱정 마. 김민준, 근데 그 사인펜 딱 봐도 고급스럽지 않냐? 그거 이탈리아에서 만든 거야. 레오나르도 다빈치의 고향. 알지?"

예지는 뭐가 그렇게 할 말이 많은지 쫑알쫑알 떠들어 댔다. 그 목소리 때문에 집중이 되지 않아서 배꼽을 그려 넣는 데 한참이나 걸렸다.

"다 했어?"

"아직."

"너 근데 레오나르도 다빈치가 해부학이랑 수학, 과학, 건축학, 또 뭐지?"

"천문학, 음악."

"그래, 그걸 다 잘하던 천재였던 건 알아? 레오나르도 다빈치랑 그 라이벌 조각가 누구였더라?"

"미켈란젤로."

"맞다! 미술학원 선생님이 가르쳐주셨는데 미켈란젤로가……."

예지는 신이 나서 누구나 아는 지식을 한참 동안 쏟아냈다. 그림과 관련된 책을 읽으면 다 알게 되는 내용인데 목도 안 아프나?

"다 했어?"

"거의 다 했어."

"너 좀 레오나르도 다빈치 같다. 다빈치가 그림 그리는 데 오래 걸렸다잖아. 오래 걸린 만큼 완벽했대. 너도 혹시 완벽주의자 뭐 그런 거야?"

"다 했어."

"봐봐."

보여줘야 하나? 진짜 내 배꼽도 아닌데 너무나 부끄러웠다. 그래도 티가 나는지, 안 나는지 궁금해서 꾹 참고 보여줬다.

"야, 진짜 같다."

"정말? 다행이다."

"감사의 인사는 크림빵 하나면 됐고. 그나저나 배꼽은 언제 찾을 건데?"

"뭐? 그걸 어디서 찾아?"

"그거야, 나도 모르지. 너 어제 뭔 일 있었어? 배꼽 빠지도록 웃었다거나 배꼽에 연고 같은 거라도 발랐다거나 그것도 아니면 피가 날 정도로 배꼽을 팠다거나."

'유머 교실'이라는 책을 읽고 조금밖에 안 웃었는데. 혹시 밤에 자는 동안 아빠가 내 배꼽에 뭘 발랐나? 나는 가짜 배꼽을 엄지로 쓱 문질러 봤다. 정말 번지거나 지워지지 않았다. 침을 발라 봤지만 끄떡없다.

"김민준, 사실 나도 그런 적 있어. 왼발 새끼발톱이 완전히 빠졌었거든. 자고 일어나니까 쥐도 새도 모르게 없어졌다니까?"

"그래도 발톱은 열 개 중에 하나니까 배꼽보다 티가 안 났을 거 아니야?"

"어머, 어머 얘 봐라? 새끼발톱도 진짜 중요한 부위야. 얼마나 신경이 쓰이는데! 네가 그렇게 생각하니까 배꼽이 도망간 거야."

그런 뜻이 아니었는데……. 어쨌든 집으로 빨리 가서 배꼽을 찾거나 다시 생겨나게 하는 방법을 찾아야겠다. 그런데 예지가 따라왔다. 언제까지 따라오는 거지?

"너 집에 엄마 계셔?"

"아니, 그건 왜 물어봐?"

"우유라도 한잔 얻어 마시려고 했지. 크림빵 먹을 때 목 막히니까."

마예지가 너무 귀찮다. 하루 종일 배꼽을 숨기느라 피곤해서 말이 툭 나왔다.

“우리 엄마는 나 태어날 때 돌아가셨어.”

참새처럼 떠들던 예지가 입을 꾹 다물었다. 슬쩍 보니 눈물방울이 떨어졌다.

“너는… 왜 그런 말을 하니?”

예지는 주저앉았다. 울어야 하는 건 난데.

“사과해!”

미안하다는 말을 들을 사람도 난데……. 여자의 마음을 진짜 모르겠다.

“미안. 난 그냥 사실을 말한 거야.”

“그렇게 말해서 나 나쁜 사람 만들려고?”

“난 그냥 아무렇지 않게 말한 건데…….”

“거짓말 하지 마. 아무렇지 않은 게 아니잖아!”

예지는 노려보는 건지 무시하는 건지 작게 뜬 눈으로 나를 보았다.

“나도 괜찮은 척했는데 가짜였어. 엄마 아빠 헤어지고 씩씩한 척, 별일 아닌 척 다 해봤는데 그건 다 거짓말이었다고. 너도 알잖아, 내가 네 지우개도 다 땄지만 뻥 뚫린 마음에는 소용없다는 거.”

우는 예지를 두고 어찌해야 할지 모르겠다. 띠딩. 핸드폰으로 아빠에게 메시지가 왔다. 회식이 취소되어서 집에 빨리 올 수 있다고,

꼽등이 바로 잡아주겠다고.

사실 어제 아빠와 통화했던 회사 동료는 어떤 아주머니였다. 요즘 들어 자주 통화하는 것 같았다. 누구냐고 한 번도 물어보지 못했다. 나는 늘 아빠에게 괜찮다는 말만 하고 지냈다. 아빠가 학부모 공개 수업을 못 올 거 같다고 했을 때도 괜찮다고 했고, 바빠서 명절에 할머니 댁에 못 갈 거 같다고 했을 때도 괜찮다고 했다. 집에 엄마 사진이 없는 것도 괜찮다고 생각했다. 하지만 아니었다. 괜찮지 않았다. 나는 늘 솔직하지 못했다.

갑자기 기억에도 없는 엄마가 보고 싶어졌다. 엄마 배 속에서 살던 시절, 참 따뜻하고 포근했을 텐데……. 그동안 이런 생각을 해본 적이 없었다. 어느새 소매 끝으로 눈물을 닦고 있었다.

"우리 엄마가 그랬어. 남자는 태어나서 딱 세 번만 운다고. 태어났을 때, 나라를 잃었을 때, 엄마가 돌아가셨을 때. 너한테는 그게 지금인가 보네."

예지가 조금 진정이 되었는지 비밀스럽게 속삭였다. 나는 창피해서 눈물을 닦으며 말했다.

"남자가 네 번도 열 번도 울 수 있어."

"그거야, 그렇지 뭐. 사실 난 엄마 아빠가 헤어지고 완전히 남남이 된 다음 날에 새끼발톱이 사라졌어. 너만 알아라."

아무런 쓸모없는 배꼽이 사라진 게 차라리 잘된 일인지도 모른다. 안 씻으면 때나 껴서 냄새 나고, 생긴 것도 주름만 많은 구멍이니까. 있거나 말거나 이제 될 대로 되라지.

현관문을 열자 집 안이 평소보다 고요하게 느껴졌다. 비밀 일기장을 열쇠로 열어보았다. 엄마의 증명사진이 보인다. 어제 아빠 서재의 서랍 깊숙한 곳에서 발견했다. 왜 집에 엄마 사진이 한 장도 없는지 모르겠지만 이 사진은 남아 있었다. 그러고 보니 어제 엄마의 증명사진을 발견하고 배꼽 주변이 간지러워서 몇 번 긁은 거 같은데?

여섯 시 반이 되자 현관문이 열렸다. 나는 발가락에 힘을 주고 용기를 내서 물어보았다.

"아빠 이 사진 엄마 맞죠?"

"이게 왜 여깄지? 맞아. 아빠가 너무 슬퍼서 엄마 사진을 다 버렸단다. 한 장이 남아 있었나 보네."

아빠가 엄마를 물끄러미 바라보았다.

"예쁘다, 우리 엄마."

"그렇지? 네가 엄마 닮아서 눈이 초롱초롱 빛나는 거야. 엄마가 널 낳느라 더 빨리 별이 되었어."

"저 사실은……. 배꼽이 사라졌어요."

"그래, 네가 아기 때부터 배꼽만 좋아했어. 동화책 볼 때도 배꼽 나오는 장면에서 까르르 웃고, 배꼽 숨겼다가 드러내는 까꿍 놀이도 가장 많이 했지. 마치 엄마를 기억하려는 듯."

성교육 시간이었나? 탯줄은 아기와 엄마를 이어주는 사랑의 끈이라고 했다. 그래, 배꼽은 그걸 평생 기억하라고 하느님이 그려 주신 선물이다. 나는 갓난아기 때부터 그 사실을 알고 있었나 보다. 배꼽만 좋아했다고 하니까.

"아빠 저 진짜로 배꼽이 사라졌다고요."

벨트를 풀고 셔츠를 획 올렸다.

"너 왜 배꼽이 두 개씩이나 있냐?"

"어라? 언제 돌아왔지?"

아빠는 내가 그린 배꼽과 진짜 내 배꼽을 보고 황당하다는 듯 웃었다. 나는 억울해서 오늘 있었던 일들을 차근차근 말했다. 아빠는 내 어깨에 붙은 샛노란 은행잎을 떼어주며 내가 이야기를 만드는 작가가 되면 좋겠다고 했다. 그 말을 듣자 마예지에게 편지를 쓰고 싶어졌다. 연필을 들고 하고 싶은 말을 한 글자, 한 글자 꾹꾹 눌러 썼다. 오백 년 된 은행나무에서 떨어져 나를 따라온 은행잎도 편지에 꼭꼭 붙여야지.

"아빠 주말에 엄마한테 가볼 수 있어요?"

나는 처음으로 엄마를 보러 가자고 아빠에게 말했다. 아빠도 나도 슬퍼질까 봐 지금까지 꺼내지 않은 말이었다.

"이번 주말에 아빠 등산 간다고 했었지? 취소해 볼게. 잠깐만."

"아빠랑 매일 전화하던 그분도 같이 가요."

"알고 있었어?"

"엄마 계신 곳 주변에 큰 산이 보이는 멋진 카페도 있다면서요. 거기 셋이 가면 좋겠어요."

"그, 그럴까! 알았어. 지금 연락해 볼게."

아빠가 통화 버튼을 누르는 동안 나는 엄마가 계신 곳을 생각했다. 그곳에 가면 그동안 한 번도 못 한 말을 꼭 해볼 거다. '낳아주셔서 고맙습니다'라고. 아참! 배꼽인사도 잊지 말아야지.

당선소감

김 아 름

내 동화를 읽은 아이들의 어린시절이 좀더 행복하길

'삐삐 롱스타킹'은 어른 한 명쯤은 한 손으로 번쩍 들 정도로 힘이 장사다. 말을 타고 학교에 가고 엄마 아빠가 없어도 원숭이 '닐슨 씨'를 어깨에 태우며 세상 씩씩하게 산다.

대학 첫 수업 때 나를 닮은 캐릭터를 소개하라고 했지만 나는 닮고 싶은 캐릭터를 말했다. 물론 수학을 못하고 주근깨 가득한 건 삐삐와 똑 닮았는데 돈을 마구 써도 상관없는 건 정말 닮고 싶었다. 삐삐처럼 어른들의 눈치를 보지 않고 거침없이 엉뚱하게 살고 싶었다.

어린 시절, 삐삐가 있어서 상처가 생겨도 아픔을 덮고 잘 놀았다. 어린이 독자들도 내 글들을 읽고 어린 시절을 조금이나마 더 잘 보냈으면 하는 바람이다.

아동극을 쓰면서 동심을 마주했고 어느덧 아동문학과 함께 걸어가고 있다. 괜찮은 캐릭터 만들기도 그럴싸한 서사를 이어가기도 매번 고역이지만 다가오는 봄에는 더 힘내서 가보려고 한다.

지면을 내어준 조선일보와 부족한 글을 뽑아 주신 송재찬, 황선미 심사위원 선생님께 감사하다. 내 이야기를 쓰라고, 글쓰기의 기

본을 가르쳐 주신 윤대성 선생님과 따뜻한 쓴소리를 해주시던 장성희 선생님께 존경을 표한다. 삭막한 마음에 비를 내려주고 꽃을 피워준 권정생, 윌리엄 스타이그께 고맙다.

엉성한 글에 첫 독자가 되어준 독서 교실 아이들아, 단단하고 건강하게 잘 자라자. 안산 혜윰문학단 문우들과 신현미 작가님과 기쁨을 나누고자 한다. 늘 응원해 주는 나의 절친한 친구들과 가족, 그리고 배꼽을 사랑하는 아기 김은유에게도 사랑을 전하고 싶다.

배꼽 사라진 아이 이야기 참신하고 문장 감각 탁월

동화 응모작이 작년보다 늘었다. 여전히 많은 작품에서 동화에 대한 편견이 보이고, 로봇과 공존하는 미래 세계를 설정하고도 새로운 의식을 전혀 보여주지 못하는 작품은 고민이 더 필요해 보인다.

우리는 후보 작품들의 장단점에 대해 긴 시간 의견을 나누었으나 완벽한 작품이라기에는 모두 허점이 있어서 소재의 참신성, 문제 해결 능력, 동화적 문장 구현 및 앞으로 활동할 가능성까지 점쳐보았다. '아빠의 휴대폰'은 스마트폰에 중독된 부모가 자식이 자라는 줄도 몰랐다는 이야기다. 현대인의 스마트폰 중독 혹은 소통 단절을 과장해서 꼬집는 방식은 흥미로웠으나 주인공 역할이 부모의 행태를 설명하는 관찰자에 머물러 아쉬웠다. '빨강 마커펜'은 분명한 사건, 가해자와 피해자 설정, 누가 범인인가에 대한 궁금증까지 배치한 감각으로 보아 훈련된 작가라는 인상이 남았다. 그러나 날 선 극단의 대비와 결국 상처만 남은 해결이라는 점이 다소 아쉬웠다. '김소린 양을 찾습니다'는 큰 사건을 다루지 않고도 주인공을 잘 그려낸 작품이다. 교실에서 투명 인간으로 취급받는 주인공이 자기 존재를 알리고자 블로그에 흔적을 남기는 이야기라 결말이 건강해 보이지만 이 정도 인물이 교실에서 그런 취급을 당하고 참기만 했다는 게 설득력이 떨어진다.

'배꼽이 사라졌다'는 어느 날 아침에 배꼽이 사라진 아이의 사건을 능청스럽게 풀어낸 이야기다. 소재가 참신하고 문장을 운용하는 감각도 좋다. 어린이 독자가 공감할 수 있을지 걱정할 수 있으나 문학적 허용 범위에서 충분히 가능한 쓰기 방식이고 문제를 대하는 시선이 흥미로워 수상작으로 결정했다. 이 작가의 활동을 기대해도 좋을 듯하다.

심사위원 : 송재찬·황선미 동화작가

2024 한국일보 신춘문예 동화

신나라

1979년 출생
원광대 미술대학 서예과 졸업
원광대 대학원 서예과 석사졸업
2024년 《한국일보》 신춘문예 동화 부문 당선
ustarnara@naver.com

후드 지온

신 나 라

"아직 5월이지만 오늘 낮 최고 기온은 33도로 이른 더위가 기승을 부리겠습니다. 낮 야외활동을 자제하시고, 충분한 수분 섭취로 건강관리에 유의 바랍니다."

언니는 일기예보를 듣더니 입고 있던 카디건을 벗었다. 나는 여느 때와 같이 후드 집업에 팔을 넣었다. 더위 따위는 상관없이 목 끝까지 지퍼를 올렸다. 언니는 나를 보고 혀를 내두르며 말했다.

"지온아, 덥지 않아?"

나는 아무렇지 않다는 듯이 후드까지 눌러썼다.

학교 친구들은 나를 '후드 지온'이라고 부른다. 매일 긴소매 지퍼형 후드인 '후드 집업'을 입기 때문이다. 친구들은 찜통더위에도 절대로 후드 집업을 벗지 않는 나를 신기하게 여겼지만 나는 중요하지 않았다. 팔의 흉터만 보이지 않는다면 어떻게 불리든 상관없다.

나는 오른쪽 팔꿈치 안쪽에 어른 손바닥 크기만 한 흉터가 있다.

어릴 때 화상으로 생겼다. 너무 어릴 때라 기억이 잘 나지 않지만, 커피포트에 물이 끓고 있었는데 커피포트에서 올라오는 연기가 신기하다며 손으로 계속 잡는 시늉을 하다가 손잡이를 건드리면서 끓인 물이 내 팔에 쏟아졌다고 한다.

내 팔이 친구들과 다르다는 건 유치원 때 알았다. 아니 그전부터 알았다. 엄마, 아빠, 언니는 매끈한 팔을 가졌으니까. 쭈글쭈글하고 퍼석퍼석한 팔 안쪽의 흉터가 만져질 때마다 굵은 사포로 내 마음을 긁는 것 같았다. 그때마다 마음이 까슬까슬하게 일어났다. 늘 붕대로 감겨있었던 팔이 스치듯 닿기만 해도 아파서 엉엉 울었던 기억은 흉터를 보이고 싶지 않은 마음으로 이어졌다. 그래서 4학년이 되도록 나는 단 한 번도 내 팔의 흉터를 남에게 보여준 적이 없다. 신체검사 때도 체육대회 때도 그리고 소풍 때도 모두 후드 집업으로 잘 넘어갔다. 하지만 일주일 전, 피할 수 없는 일이 있다는 걸 알게 되었다.

"생존 수영 안내장을 나누어줄게요. 생존 수영 수업 때 필요한 수영복, 수경, 수모에 대한 안내가 자세히 적혀있으니 오늘 꼭 부모님께 보여주고 다음 주까지 준비하세요."

선생님께서 말씀하셨다. 나는 생존 수영이라는 말을 듣자마자 눈앞이 하얘졌다. 반 친구들이 탈의실에서 혹은 수영장 안에서 내 흉터를 보게 될 거라는 사실 때문에 머리가 아파졌다. 그날부터 온몸에 힘이 빠졌다. 먹고 싶지도 않고, 잠도 오지 않았다. 일주일째 생존 수영 수업을 빠질 방법을 생각해보았지만 한 달에 네 번이나 있는 생존 수영 수업을 계속 빠질 방법은 없었다. '수영 수업은 정규 교육과정 내에 이뤄지는 활동으로 모든 학생의 참여를 원칙으로 합니다'라는 안내장의 문구가 나를 무겁게 짓눌렀다.

그래도 다행인 건 안내장의 착용 가능한 수영복 사진 중 긴소매 지퍼형 래시가드가 있다는 것이었다. 수영장 안에서는 래시가드를 입으면 되지만, 샤워실과 탈의실이 문제였다. 머릿속으로 여러 가지 생각을 하다가 나는 조금 일찍 나와서 옷을 갈아입을 계획을 세웠다.

생존 수영 수업 날, 후드 집업 안에 긴소매 래시가드를 입고 학교에 가는 내내 가슴이 답답했다. 밤새 머릿속으로 어떻게 움직일지 몇 번이고 상황을 그렸다. 생존 수영 수업시간 내내 친구들은 물에 뜨는 법을 배우며 재미있다고 신이 났지만, 나는 머릿속에 하나도 들어오지 않았다. 오로지 수업이 끝나기 전 친구들보다 먼저 옷을 갈아입어야 한다는 생각에 시계만 바라보았다. 수업이 끝나기 5분 전, 나는 선생님께 말했다.

"선생님 저 배가 아파서 화장실에 가고 싶어요. 물에서 먼저 나가면 안 될까요?"

"그래, 5분 정도 남았으니 화장실 다녀와서 샤워실 입구에서 기다리렴. 입구가 같으니까 화장실에서 나오자마자 서 있으면 돼."

수영장에서 나온 나는 화장실로 향하는 듯 배를 움켜쥐고 입구로 향했다. 입구에 들어서자마자 재빨리 샤워실 샤워기의 물을 틀고 바로 머리와 몸을 대충 적셨다. 래시가드를 입은 채로 수영가방에서 수건을 꺼내서 샤워가운처럼 몸에 둘렀다. 물기를 닦는 둥 마는 둥 허겁지겁 샤워실에서 나와 탈의실 옷장을 열고, 옷을 주섬주섬 꺼냈다. 나는 반 친구들이 올까 봐 두리번거리며 주위를 살폈다. 아무도 없었다.

아무도 없는 걸 확인하자마자 물에 젖은 래시가드를 벗지도 않은 채, 티셔츠를 목에 구겨 넣었다. 그리고 후드 집업의 후드를 머리에 걸쳤다. 재빠르게 래시가드 지퍼를 내리고 팔을 빼자마자, 목에 걸어놓은 티셔츠의 소매로 양팔을 넣었다. 물에 젖은 몸에 티가 달라붙어서 질척댔다. 바로 후드 집업에 오른팔을 넣는 순간, 느낌이 이상해서 뒤를 보았다. 분명 조금 전 확인했을 때는 아무도 없었는데, 바로 뒤에 서윤이가 나를 보고 있었다. 머리에서 물이 뚝뚝 떨어져 반쯤 젖은 티를 입고 후드 집업에 한쪽 팔을 넣은 나를.

나는 깜짝 놀라서 반 발자국 뒤로 물러섰다. 그러면서도 빨리 다른 팔을 후드 집업에 넣으며 지퍼를 순식간에 올렸다. 내 머리카락에서 계속 떨어지는 물방울이 후드를 반쯤 적셨다. 나는 너무 당황해서 물방울인지 진땀인지 구별이 되질 않았다. 서윤이는 고개를 갸우뚱하더니 손가락으로 내 머리카락을 가리키고 바닥에 떨어진 수건을 차례로 가리켰다. 나는 바닥에 떨어진 수건을 집어 들었다. 샤워실에서 우르르 몰려나온 반 친구들 사이에서 나는 아무 일도 없다는 듯이 천천히 움직였다. 마음이 타들어 갔다.

'서윤이가 봤을까? 혹시 내 팔에 흉터가 있는 이야기를 친구들에게 하면 어떡하지?'

학교로 돌아오는 버스 안에서 나는 내내 그 생각뿐이었다. 마음이 편하지 않았다. 흉터를 봤을까 봐. 피부가 부드럽지 않고 울퉁불퉁한 걸 보고 날 이상하게 볼까 봐. 불안한 마음이 가시지 않았다.

집에 오자 다리에 힘이 풀려서 현관 입구에 주저앉았다. 머리가 아프고 몸이 뜨거워지는 걸 느꼈다. 엄마는 머리를 잘 안 말려서 그런 거 같다며 내 머리를 드라이기로 바짝 말려주었다. 젖어서 몸에 찰싹 달라붙은 티셔츠를 힘겹게 벗은 후, 엄마가 꺼내준 보송보송한 잠옷으로 갈아입고 침대에 누웠다. 열이 나서인지 아니면 젖은 티셔츠를 오래 입고 있었던 탓인지 온몸이 오들오들 떨렸다. 저녁때가 되자 엄마는 미지근한 물로 적신 수건을 들고 와서 뜨거워진 내 몸을 닦아주었다. 내 흉터에 엄마의 물수건이 부드럽게 지나갔다.

'엄마, 연필로 쓴 글씨를 지우개로 지울 수 있는 것처럼 흉터도 수건으로 닦으면 지워져?'

유치원 때, 흉터를 지우겠다고 수건으로 계속 문지르던 내가 한 말이 생각났다. 나도 모르게 눈물이 뺨을 타고 주르륵 흘렀다.

밤사이 열이 내렸다. 걱정하는 엄마를 뒤로하고 나는 학교에 가기 위해 다시 후드 집업을 입었다. 몸이 좋진 않지만, 아무래도 학교에 가야겠다고 생각했다. 교실에서 서윤이부터 찾았다. 자리에 앉아있는 서윤이와 눈이 마주치자마자 나는 눈을 돌렸다. 쉬는 시간에도 수업시간에도 서윤이가 계속 신경 쓰였다. 힐끔거리며 서윤이를 눈으로 계속 찾았다. 서윤이와 눈이 계속 마주치자 서윤이가 내 눈을 피하는 눈치였다. 나는 서윤이가 내 팔의 흉터를 본 게 분명하다고 믿었다. 점심시간이 되자, 서윤이는 민진이와 복도에서 소곤소곤 이야기했다. 서윤이는 교실 앞문에 서 있는 나를 힐끔 보더니 다시 이야기를 계속했다.

'내 흉터를 봤다고 이야기하는 걸까?'

서윤이의 입 모양을 유심히 살피며 나는 계속 교실 앞문에 막대기처럼 서 있었다. 그때였다. 운동장에서 축구를 하고 들어오던 친구들이 우르르 몰려오며 내 어깨를 툭 치고 교실로 들어갔다. 그 바람에 나는 휘청하며 복도에 무릎을 꿇고 넘어졌다. 팔꿈치 가까이 후드 집업이 훅 벗겨지듯 내려갔다. 종일 서윤이를 살피느라 후드 집업의 지퍼가 내려간 줄 몰랐던 나는 넘어지면서 그 사실을 알게 되었다. 복도에 있던 친구들이 나를 쳐다봤다. 서윤이와 민진이가 괜찮냐면서 나에게 점점 다가왔다. 나는 팔꿈치까지 내려간 후드 집업을 재빨리 올리며 서윤이를 흘겨봤다. 서윤이는 놀랐는지 눈을 동그랗게 떴다. 나는 복도에서 일어나서 운동장으로 뛰어 내려갔다. 운동장 벤치에서 숨을 고르며 지퍼를 목 끝까지 올렸다. 뜨겁게 달궈진 운동장의 공기가 숨을 쉴 때마다 내 입속으로 훅훅 들어왔다.

"지온아, 넘어진 건 괜찮아?"

서윤이었다. 나는 아무 말도 못 하고 운동장만 바라보다가 자리를 피하려고 벤치에서 일어섰다. 서윤이는 입고 있는 반바지를 조금 올리더니 나에게 다리를 내밀었다.

"이건 백반증이야."

서윤이는 허벅지에 있는 하얗고 큰 부분을 가리켰다. 얼룩덜룩하게 하얀 무늬가 서윤이 다리에 있었다. 나는 당황해서 고개를 숙인 채 위를 힐끔 보며 서윤이의 표정을 살폈다. 서윤이는 말했다.

"다섯 살 때 생겼어. 우리 엄마, 아빠가 나만의 특별한 점이라고 해서 난 아무렇지 않게 다녔거든. 근데 유치원 때 한 친구가 그러더라. 허벅지에 우유를 흘리고 다니는 것같이 이상하다고. 그때 처음으로 이게 이상한 건가 생각돼서 없앨 방법을 검색했어. 그런데 백반증이 있는 외국 모델 사진이 나오더라고. 너무 당당하고 멋있었어. 나도 이젠 이 점이 나만 가진 특별한 점이라고 생각해. 내 백반증을 보고 오늘 나를 어색하게 대했다면 나는 괜찮아."

나는 서윤이의 말을 듣고 머릿속이 복잡해졌다. 오늘 서윤이 눈치를 살피며 서윤이를 피하는 내 모습이 백반증 때문에 거리를 두는 것처럼 느껴졌었나 보다. 서윤이는 어깨를 으쓱하며 나를 보더니 교실로 들어가겠다는 손짓을 했다. 그리고 곧 교실 쪽으로 발을 돌렸다. 당황한 나는 다급해져서 서윤이를 향해 손을 뻗었다.

"백반증은 몰랐어. 어제 못 봤거든."

서윤이가 뒤돌아서 나를 바라보았다.

"그렇구나. 난 네가 놀란 줄 알았어. 가끔 내 다리를 보고 놀란 친구들이 어색하게 대할 때가 있거든."

나는 멈칫했다. 내가 걱정하는 부분이 서윤이가 지금 느꼈을 감정일지도 모른다고 생각하니 미안한 마음이 앞섰다. 나는 어색하게 대한 이유에 대해 서윤이에게 솔직히 말하고 싶었다. 하지만 막상 말을 하려고 하니 입이 바짝바짝 마르고 손이 덜덜 떨렸다. 내 심장 소리가 내 귓가에 들렸다. 나는 주먹을 꼭 쥐고 천천히 입을 열었다. 목소리가 파르르 떨렸다.

"사실… 난, 팔에 흉터가 있어. 어제 옷 갈아입을 때 네가 내 흉터를 보고 날 피한다고 생각했어. 민진이와 내 흉터 이야기를 하는 줄 알았어."

"아, 민진이가 어제 내 다리에 뭐냐고 묻길래 백반증 이야기한 건데."

한동안 어색한 정적이 흘렀다. 서윤이가 입을 열었다.

"흉터는 못 봤어. 흉터는 비밀이지?"

나는 힘겹게 고개를 끄덕였다.

"나도 백반증이 비밀일 때가 있었거든."

서윤이가 작게 말했다. 나는 문득 궁금했다.

"너는 괜찮아? 백반증을 보여주는 거?"

"응, 나는 아무렇지 않아. 내 피부인걸."

서윤이는 또랑또랑한 목소리로 말했다.

그날 밤, 나는 잠이 오지 않았다. 내가 직접 흉터가 있다고 서윤이에게 말했는데, 이상하게 불안하지 않았다. 친구들이 흉터를 알게 될까 봐 걱정했던 어제와 다르게 오히려 마음이 조금 편해졌다. 그보다 서윤이의 말이 자꾸 생각났다. 서윤이의 당당했던 목소리가 까슬까슬하게 일어난 내 마음에 와서 쿵쿵 부딪쳤다.

나는 침대에 누운 채 두 팔을 천장으로 뻗었다. 그리고 오른팔의 내 흉터에 왼손을 올렸다. 문득, 연고를 발라주고 붕대를 감아줬던 엄마의 부드러운 손길, '지온이 피부는 용감해'라고 말하던 아빠의 목소리, 아프지 말라고 후후 불어줬던 언니의 입김이 생각났다. 내 피부의 거친 상처가 둥글둥글 아물면서 흉터가 되는 동안 내 마음은 단 한 번도 둥글둥글한 적이 없었다는 생각이 들었다.

다음 날, 아침부터 학교 갈 준비를 하며 나는 후드 집업을 계속 바라보았다. 후드 집업 소매에 팔을 넣고 지퍼를 목 끝까지 올리려다가 가슴까지 반만 올렸다. 엘리베이터에서 내려가는 동안 지퍼를 올렸다 내리기를 반복했다.

공동현관에 나오자 아침부터 더운 공기가 느껴졌다. 5월인데 이렇게 덥다니. 나는 지퍼를 끝까지 내렸다. 그리고 후드 집업의 소매를 걷어 올렸다. 걷어 올린 소매를 따라 내 흉터가 천천히 드러났다. 어디선가 불어오는 바람이 팔을 감쌌다. 시원했다.

눈앞에 등교하는 서윤이와 민진이의 뒷모습이 보였다.

"서윤아, 민진아, 같이 가자!"

뒤돌아보는 서윤이와 민진이를 향해 나는 걷어 올린 오른팔을 번쩍 들어 흔들었다.

당선소감

신 나 라

누군가의 어깨를 토닥토닥 두드려주는 동화를 계속 쓰고 싶다

부끄러운 고백이지만, 어른이 되어서야 비로소 동화와 그림책을 어린 시절보다 더 많이 읽기 시작했습니다. 그럴 때마다 제 안의 수많은 어린아이와 마주했습니다.

동화는 '소심했던 어린 나'에게 용기를 주었고, '실패를 경험했던 어린 나'에게 위로를 건넸습니다. 그래서 저도 동화로 위로와 용기를 주고 싶어서 시작했습니다.

하지만 동화를 쓰는 일은 쉽지 않았습니다. 몇 번이고 이 길이 맞는지 확인하고 싶었고, 계속해도 되는지 의심하기도 했습니다. 그때마다 다시 동화를 읽으며 힘을 냈습니다.

당선 소식을 듣고 적어도 지난 시간을 헛되게 보내지 않았다고 말해주는 것 같아서 마음이 조금 놓였습니다. 동화를 쓰길 잘했다고 어깨를 토닥토닥 두드려주는 것 같아서 힘을 얻었습니다. 그리고 지금의 이 힘으로 누군가의 어깨를 토닥토닥 두드려주는 동화를 쓰고 싶다고 다시 한번 생각합니다.

부족한 글에 힘을 실어주신 한국일보와 신춘문예 심사위원님들께 감사드립니다.

제 글의 주인공처럼 저도 꼭 움켜쥐었던 후드 집업의 소매를 걷어 올리고, 조금은 시원한 마음으로 세상에 나온 것 같습니다. 흉터투성이고 허점투성이여서 두렵지만, 당당하고 기쁘게 걸어가고 싶습니다.

함께 동화를 쓰며 힘을 보태주는 도글의 글벗과 어린 시절부터 언제나 응원을 아끼지 않는 오랜 친구들도 고맙습니다. 그리고 아직도 딸의 투정을 받아주는 부모님. 아빠 딸, 엄마 딸이어서 늘 감사합니다. 마지막으로 항상 묵묵히 큰마음으로 이해해주는 남편과 저의 보물인 아이들에게 사랑을 전합니다.

계속 동화를 쓰는 사람이 되겠습니다.

2024 신춘문예 당선동화집

초판 1쇄 발행 2024년 1월 30일

지 은 이 이경선 외 12人
발 행 인 노용제
기　　획 정은출판 기획부
발 행 처 정은출판
등록번호 신고 제301-2011-008호(2004. 10. 27)
주　　소 04558 서울시 중구 창경궁로1길 29. 3F
전　　화 02)-2272-8807, 02)-2272-9280
팩　　스 02)-2277-1350
홈페이지 www.je-books.com
전자우편 rossjw@hanmail.net
I S B N 978-89-5824-493-6 03810